큰글
한국문학선집

윤곤강 시선집
살어리

목 차

7

가는 가을

밤은 저 혼자
시름 없이 그므는데
수양 버들아지가
바람을 걷어안고 춤을 춘다

아아, 이속을
애처로운 가을은 간다

징용 간 외아들처럼
한번 가면 못 올 듯
끝내 헛바람 속에
슬픈 가을은 가고야 마누나

가을

구월구일(九月九日)에 아으
약(藥)이라 먹는 황화(黃花)고지
안해 드니 새셔가 만하얘라
　　　　　　　－동동(動動)에서

한 밤 동안에
나무잎들이
피투성이가 되고

해질 무렵이면
하늘가엔
노을도 고웁게 선다

바람 속엔 항상

암사슴의
배꼽내가 풍기고

바람 속엔 항상
애끊는
피리의 가락이 운다

가을의 송가(頌歌)

해맑은 하눌에는
멍석만한 보름ㅅ달이
떼기러기를 울려보낼제,

드을에는

황파(黃波)의 무르녹는 곡식들
제무게에 고개 숙이고,
밤ㅅ서리를 뒤어쓴 숲속에
버러떼는 침묵(沈默)을 쪼갠다!
아아 추어……
장차 음습할 찬바람의 무서운 경고(警告)와도 같
이……

머지않은 앞날—
저 언덕에 수렛ㅅ소리 들리면
피땀 짜먹은 곡식을
값없는 탄식과 맛바꿀……

보라!
몇만번의 가을이
이렇게 오고 갓는가!

갈망(渴望)

　뼈저린 눈보라의 공세(攻勢)에 대지는 명태(明太) 같이 말라붙고

　겨울은 아직 냉혹한 채찍을 흔들며

　지상의 온갖 것을 모조리 집어먹으려 한다

　멀미나는 고난의 밤 겨울도 이제는 맞창이 날 때도 되었건만

　아직도 끊길 줄 모르고 몰려드는 북풍(北風)의 공세(攻勢)

　그놈의 공세(攻勢)의 방향을 노리면서

　견딜 수 없는 봄의 갈망에 흐느껴 울다가

　이제는 울 기운조차 없어지고야 만 애달픈 목숨들이

　여기에 사체(死體)와 같이 누워 있다.

　진물나는 눈동자처럼 맥없이 스러지는 겨울날의

태양아

　너는 우리들의 굳센 의욕을 알리라.
　어서! 분마(奔馬)와 같이 걸음을 달리어라.
　냉혹한 겨울을 몰아낼 봄바람을 실어오기 위하여—.

　갈망에 가슴 조이는 우리가 두 손을 쩍 벌리고 그
놈을 안아 들일 날
　오고야 말 그놈을 한시라도 쉽게 거머잡고 싶은
말 못할 갈망이여

　지상의 온갖 것을 겨울의 품으로부터 빼앗고 향기
로운 봄의 품안
　에다 그것들을 덥석 안겨 주고픈 불타는 갈망이여

개똥벌레

저만이 어둠을 꿰매는 양
꽁무니에 등불을 켜 달고 다닌다

검둥이

달빛이 너무 거세어 대낮 같은 밤,
밤의 숨결마저 소리도 없이 얼어
스치면 아자작 부서질 듯한 밤,
잎을 떨군 벌거숭이 감나무도
그림자를 잃은 채 말없이 서 있는 밤,
바람소리에 꿈을 놓쳐 선잠 깬 검둥이가
은빛 보름달을 목이 터지게 짖어대는 것은
주인집 은쟁반이 하늘 위에 걸려 있는 탓이란다

계절(季節)

I.
벌써 옛이야기가 되었다
　수많은 젊은 자식(子息)들이 태양의 노래를 외치
던 그날은 ─

　지금은 찬바람 몰아치는 계절
　쓸개를 빠뜨린 젊은 자식(子息)들이
　패배의 독주를 들이마시고
　맥없는 습성(習性)의 되풀이 속에 질식된 지역

II.
오오 멀미나는 습성(習性)의 되풀이여!
　흘려보낸 어제는 오늘을
　닥쳐온 오늘은 다시 올 내일을…

— 이렇게 낮과 밤이 되풀이 될 때
거짓의 씨는 여름날 구더기처럼 새끼를 쳐 놓으니

굴 속처럼 캄캄한 앞길이여
굼벵이처럼 비약을 모르는 생활이여

III.
생각지도 말고
바라지도 말고
탐내지도 말고
이야기도 말고
건드리지도 말리라
그러나 눈만 뜨면 찾아오는 의식의 영혼이
소리를 치며 내 잠꼬대를 쇳가루처럼 바숴버리도다

IV.

오! 가슴 아픈 과거의 명상(瞑想)

가장 가까웠던 그놈,

가장 미워할 그놈!

가장 참되다 믿었던 그놈,

가장 더러운 개

…승리의 꿈을 타고

우리가 기쁨에 날뛸 때

간사한 애교를 부리며 그놈은 대들고

우리가 가시덤풀을 기어갈 때

그놈은 꽁무니를 빼고 숨어버리고

화살을 맞고 우리가 쓰러질 때

치떨리는 코웃음을 그놈은 선사했다

지금 —
기둥은 쓰러지고
대들보는 갈앉아
식구들은 뿔뿔이 흩어지고
껄껄대는 그놈의 조소(嘲笑)에 뼈가 녹느니,

마음속의 약한 근성(根性)아!

차라리 내 신경이 백골(白骨)처럼 감각이 없다면
마음의 바다에 파도는 일지 않을 것을 —
차라리 내일이라는 앞날에 무덤이 없다면
나는 영원한 청춘을 희구(希求)할 필요는 없을 것을

고독(孤獨)

썩어처진 집웅,
석산(石汕)등잔이 매달린 낡은 방안.

등잔의 나사를 틀면,
치 ‑ 하고 우짖는 고독(孤獨).

턱에다 두 주먹을 고이고,
계집애처럼 울고 싶은 밤.

어둠은 바닷속처럼 깊고,
그속에 반짝이는 눈동자(瞳子) 두 개가 있다.

고백(告白)

꽃가루처럼
보드라운 숨결이로다

그 숨결에
시들은 내 가슴의 꽃동산에도
화려한 봄 향내가
아지랑이처럼 어리우도다

금방울처럼
호동그란 눈알이로다

그 눈알에
굶주린 내 청춘의 황금 촛불이

얼싸안고
몸부림이라도 쳐볼까
하늘보다도 높고
바다보다도 더 넓은 기쁨

오오!
하늘로 솟을까 보다
땅 속으로 숨을까 보다
주정꾼처럼, 미친 놈처럼…

공작부(孔雀賦)

별 언뜻 기울어
하늘엔 붉은 노을
버들잎 소리없이 지면
새의 꿈 어지러워
흰 모래 사뿐 밟고
끄으는 꼬리 무거워라

눈 부시는 비단 옷
곱게곱게 입고
암놈 수놈 다가서서
마주 보고 서로 놀라
모래 위에 어리인 그림자
바람 탄 양 흩날려라

버들잎 하나 집어 물고
수놈 꼬리 후두두 치면
무지개보다도 고운 빛으로
활짝 열리는 부챗살!
울안이 벅차게 부풀어
타는 햇살처럼 환해라

크고 고운 꼬리 끝에
빛이 자아내는 아지랑이
잔 털 스쳐 이는 바람
암노루의 배꼽내 풍기어
검푸르게 수놓은 허공엔
반짝이는 금별 은별…

아아 죄스러워라
아름다움에 겨워
암놈 짐짓 물러서서
빈 하늘 노리면
쏴아… 미친 바람에
지는 잎 하나 또 하나…

꽃의 봄, 잎의 여름
때와 함께 다 보내고
찬 서릿바람 가을이다
두고 온 남녘 나라의 꿈에
나날이 맺는 시름은
고운 빛 가진 죄이리라

과거(過去)

보잘것 없는 과거를
부질없이 울지를 마라

지난날의 구질한 꿈은
모래 위에 그려진 지도와 같다

물결이 흰 이빨로 넌지시 물어뜯으면
아무런 앙탈도 없이 바다 밑으로 잠겨버리느니,

보잘것 없는 과거를
부질없이 울지를 마라

광풍(狂風)

─R에게─

오다가 길을 잃은 미친바람이
창(窓)문을 두드려 잠든 나를 깨웠다!

지금은 혀(舌)끝 같은 초생ㅅ달만 밤을 지키는 자
정(子正)!
  - 이런 때면 언제나 찾어오는 네 생각!
  오오 눈앞에 그려지는 또렷한 네 얼골 네 음성 네
손ㅅ길……

칼로 점인 듯 또렷한 네 생각이
잠깨인 내 가슴속에 짜릿하게 숨여들어
말 못할 그리움의 물ㅅ결을 그려주노니
사랑하는 내 친구여 너는 항상 말했느니라!
바다같이 휘ㅡㄴ한 '영내ㅅ벌' 한구석에 불숙 - 숏

은 '우름산' 밑

　오막사리초가가 네 집이요

　그 속에 소처럼 일하다 꼬불어진 네 아버지가 있고

　파뿌리같이 하-얀머리칼과 갈퀴ㅅ살 같은 손을 가진 네 어머니가 있고

　또 대를 이은 '황소'네 형님이 살고 있다고 -

　네가 땅속ㅅ길을 휘벼다니는 그 시절 -

　밤 깊이 이들창을 두드리며 은근히 나를부르든 그 음성이

　지금도 내 귀에 쟁쟁! 울고 있다!

　(-그것은 얼마나 또렷하게 나의 고막을 울렸든가?)

　처음 그 소리를 들을 때

　나는 반가움보다도 오히려 두려움이 앞섰드니라!

(-저놈은 눈물도 없고 괴로움도 없나?)

그러나 날이 가는 동안에, 사랑하는 내 친구여!
나는 너의 부르는 소리에 반겨 문을 열어주었고
흐릿하게 엉켰든 내 마음속 의심의 뭉치는
새벽 하눌처럼 개어 벗어지고야 말었드니라!
아니 그보다도,
오히려 나는 적적함을 참을 수가 없었다
창문을 두드리는 네 음성을 못듯는 밤이면 -.

승리의 노래에 가슴을 태우는 불수레 화차(火車)를
너와 한가지 휘몰고 내달리때!
그리고 새로운 것과 낡 은것의 불닷는 성화ㅅ속에서
너와 한가지 참된 노래를 가슴속에 아로삭일 때!

그때였다!

나리는 눈(雪)을 지는 꽃잎으로 보든 내 생각이
곤두재조를 넘은 것은 —

그리고, 계절(季節)의 품속에서 '봄'을 참지 못하고
'방안'에다 '봄'을 가꾸려든 어리석은 내 노래가
두집혀진 곡조(曲調)를 소리 높여 외치게 된 것은 —

그러나! '봄'을 거역(拒逆)하는 미친 바람이
또 한번 거리를 휩쓸고 지나간 지금
너와 나는 같은 하늘 밑에 숨쉬는 딴 세상(世上)ㅅ
사람이 되고 말었다!

오! 뚜렷하게도 떠을으는 네 생각에

내 눈은 지금 새벽하눌처럼 개어 벗어지고
잠은 비호처럼 천리(千里) 만리(萬里) 달어난다!

덜컹! 덜컹! 창문을 두드린 것은 네 손이 아니요
늦가을ㅅ밤 하눌 우에 길을 잃은 미친 바람의 손
ㅅ버릇임을 번연히 알 것만

교외(郊外)

바람 소리하야 울면
풀닙 덩다라 손을 저어

발밋헤서 푸두두 싸투리 날고
동아배암이 쇠리쳐 다라나는 곳

힌 들국화 향긔러운 양지에
외로운 그의 무덤은 잠잔다

굼벵이

썩은 짚누리 밑에서
굼벵이가 매미의 화상을 쓰고
슬금슬금 기어나온다, 기어나온다

반쯤 생긴 저 날개가 마저 돋으면
저 높은 푸른 하늘로 마음껏 날 수 있고
햇빛 찌는 나무 그늘에 노래도 부를 테지

누구냐? 굼벵이를 보고
"꿈틀거리는 재주뿐이라"고 말한 것은
"꿈틀거리는 재주뿐이라"고 말한 것은

기다리는 봄

지붕도 나무도 실개울도
죄다아 얼어붙은 밤과 밤
봄은 아득히 머언데
싸락눈이 혼자서 나리다 말다……
밤이 지새면 추녀 끝엔
수정 고드름이 두 자 석 자……
흉칙한 가마귀떼 울음소리와
울부짖는 된바람의 휘파람 뒤에
따스한 햇살이 푸른 하늘에 빛나
마침내 삼단같이 기인 햇살로
아침 해 둥두렷이 솟아오면,
장미의 술 속에 나비 벌 취하고
끊인 사람의 실줄은 맺어지리

길

어두운 골목길을
바람처럼 더듬어 갈 양이면
꽃다발 대신 가슴에 지닌 시름이
고개를 든다

뒷간과 부엌과 방과 쓰레기통이
형제마냥 같이 있는
골목 골목을 벗어나면
바람이 옷자락을 물어뜯는 거리

숨도 죽은 밤거리
저 쪽 어둠 속에
큰 짐승의 눈깔처럼
깜빡이는 등불 등불…

등불이 켜진 곳마다
길은 있는데 큰 길도 있는데
길은 있어도 길은 없다

별을 보면 어금니가 저리고
달을 보면 억새밭처럼 서걱이는 가슴
어머니! 나의 갈 길은
어느 대에 있나이까?

꽃 피는 달밤에

——A에서

빛나는 해와 밝은 달이 있기로
하늘은 금빛도 되고 은빛도 되옵니다

사랑엔 기쁨과 슬픔이 같이 있기로
우리는 살 수도 죽을 수도 있으오이다

꽃피는 봄은 가고 잎피는 여름이 오기로
두견새 우는 달밤은 더욱 슬프오이다

이슬이 달빛을 쓰고 꽃잎에 잠들기로
나는 눈물의 진주구슬로 이 밤을 새웁니다

만일 당신의 사랑을 내 손바닥에 담아
금방울 같은 소리를 낼 수 있다면
아아, 고대 죽어도 나는 슬프지 않겠노라

꽃나비

배나무 밑에 누워 나는 비인 생각을 엮고
임은 그 옆에서 길고 기인 실꾸리를 감았다

임의 잇속처럼 하아얀 꽃잎이 때로 그의 생각을
어지르면
나의 시름처럼 기인 눈썹이 그의 볼에 그림자를
수놓았다

채송화빛 노을이 꺼지어 흰 얼굴과 검은 눈동자만
남을 무렵
천상 그는 한 마리 고운 꽃나빌레라 꽃나빌레라

꿈

넋이 날라간 몸둥아리에
푸른 구멍 하나 퐁! 터져
까닭모를 불길이 솟어난다
때의 수레에 휘감긴 어둠이
꿈속에 보금자리를 마련하야
한밤중 도깨비불처럼 이는 불꽃

나도야

나도야 살리라
오래오래 살리라
소금이 쉬고 바위가 모래될 때까지
슬픈 일 많이많이 보고
나도야 오래오래 살리라

때가 와서 내가 죽은 날은
— 별이 꽃처럼 흐르는 저녁도
여름 소나기 시원한 대낮도
나뭇잎 붉게 물든 밤도 다 그만 두고
다만 함박눈 소리없이 내려 쌓여
온 누리 희게 변한 아침이거라

나비

비바람 험살궂게 거쳐 간 추녀 밑 —
날개 찢어진 늙은 노랑나비가
맨드라미 대가리를 물고 가슴을 앓는다

찢긴 나래에 맥이 풀려
그리운 꽃밭을 찾아갈 수 없는 슬픔에
물고 있는 맨드래미조차 소태 맛이다

자랑스러운손 화려한 춤 재주도
한 옛날의 꿈조각처럼 흐리어
늙은 무녀(舞女)처럼 나비는 한숨진다

나의 밤

가라앉은 밤의 숨결 그 속에서
나는 연방 수없는 밤을 끌어올린다
문을 지치면 바깥을 지나는
바람의 긴 발자취…

달이 창으로 푸르게 배어들면
대낮처럼 밝은 밤이 켜진다
달빛을 쏘이며 나는 사과를 먹는다
연한 생선의 냄새가 난다…

밤의 층층다리를 수없이 기어 올라가면
밟고 지난 층층다리는 뒤로 무너져 넘어간다
발자국을 죽이면 다시 만나는 시름의 불길
— 나의 슬픔은 박쥐마냥 검은 천정에 떠돈다

나의 창(窓)

등불 끄고 물소리 들으며
고이 잠들자

가까웠다 멀어지는
나그네의 지나는 발자취…

나그네 아닌 사람이 어디 있더냐
별이 지고 또 지면

달은 떠 오리라
눈도 코도 잠든 나의 창에…

낙엽(落葉)

(1)

수선스럽게 잎이 지는 밤
바시시 창을 열면 어둠 속에
바람처럼 와서 기다리는 사람

(2)

바람에게 쫓겨온 나뭇잎이
밭 고랑에 누워 달을 본다

낙엽

소리도 자취도 없이
내 외롭고 싸늘한 마음속으로
밤마다 찾아와서는
조용하고 얌전한 목소리로
기다림에 지친 나의 창을
은근히 두드리는 소리

깨끗한 시악씨의 거룩한 그림자야!
조심스러운 너의 발자국소리
사뿐사뿐 디디며 밟는 자국

아아, 얼마나 정다운 소리뇨
온갖 값진 보배 구슬이
지금 너의 맨발 길을 따라

허깨비처럼 내게로 다가오도다

시악씨야! 그대 어깨 위에
내 마음을 축여 주는
입맞춤을 가져간다 하더라도
그대 가벼운 몸짓을 지우지 말라

있는 듯 만 듯한 동안의 이 즐거움
너를 기다리는 안타까운 동안
너의 발자국소리가 내 마음이여라

낙타·1

주변성이 많아서
망태기를 짊어졌니?

그렇게도 목숨이 아까워
물통마저 달아맸니?

조상 때부터 오늘까지
부려만 먹힌 슬픔도 모르는 채

널름널름 혓바닥이
종잇쪽까지 받아 먹는구나

눈 쌓인 밤

늙은 모과나무가 선 울 뒤에서
청승맞게 부헝이가 밤을 울고

바람소리에 놀랜 하눌에
얼어붙은 쪽달이 걸리면

낡은 호롱에 불을 켜들고
날 찾어오는 이 있을까 여겨

밟으면 자욱도 없을 언 눈길을
설레이는 마음은 더듬어간다

늙은 나무

외딴 곳에 있는 늙은 나무는
외딴 곳에서 만나는 늙은이처럼
보면 볼수록 무서워……

험상스런 이마며
심술궂은 눈알이며
억세인 콧날이며
커어단 아가리며……

또, 귀를 대고 들으면
숨소리도 들리고
말소리까지 들리더라
'……나하구 같이 가자! 같이 가자!'

단장(斷章)

나는 혼자이로다
텅 빈 누리 가운데
미리로 괴리로 없이
나는 혼자이로다

어느덧 초생달 이슬에 젖어
아으 구르는 잎소리와
달빛에 우니는 벌레소리 없으면
나는 혼자이로다

울어라 울어라 벌레야
저 달이 지도록 울어라
날아온 시름에 나도 우니노라

삶은 쓰디쓴 술
눈 감으면 떠도는 '마아야'
아아 저믄 나는 어찌 하리까

옷 훌훌 벗어 던지고
가시덤불 헤치며 헤치며
알몸으로 춤이나 추리라
미친 듯 춤이나 추리라

달밤

담을 끼고 돌아가면
하늘엔 하이얀 달

그림자 같은 초가 들창엔
감빛 등불이 켜지고

밤안개 속 버드나무 수풀
멀리 빛나는 둠벙

어디선지 염소 우는 소리
또, 물 흘러가는 소리…

달빛은 나의 두 어깨 위에
물처럼 여울이 흘렀다

달팽이

털버레가 나비 되어 꽃밭으로 가고
굼벵이가 매아미되어 숲으로 가는데,
죄-그만 집속에 쓸쓸히 주저앉어
주어진 운명을 달게 받는다고,
참새야! 웃지 마라, 흉보지 마라.

비록 날개 없어 날지 못할망정
보고 싶은 것을 가릴 수 있는 눈이
두개의 뿔끝에 으젓하게 백여 있고,
비록 길지 못해 빠르지 못할망정
가고 싶은 데를 기어갈 수 있는 발이 있다.

달뜬 털버레가 나비로 몸을 바꾸고
건방진 굼벵이가 매아미로 변했다가,

찬서리 나리는 저녁, 이름도 모를 덤풀 속에
송장처럼 쓸어저 슬픔을 씹고 우는 것보다는
차라리 이신세가 나는 좋단다.

당나귀

장돌뱅이 김첨지가 노는 날은
늙은 당나귀도 덩달아 쉬었다.
오늘도 새벽부터 비가 왔다.
쉬는 날이면 당나귀는 더 배가 고팠다.
배가 고파 쓰러진 채 당나귀는 꿈을 꿨다.
대문이 있는 집 마룻판 마구에서
구수한 콩죽밥을 실컷 먹고
안장은 금빛, 고삐는 비단
목에는 새로 만든 방울을 달고
하늘로 훨훨 날아가는 꿈이었다

대야초(待夜秒)

기다리던 밤이 오느냐
괴로운 한낮은 시원히 저무느냐

마음속에 밤을 부르는
머-ㄴ 바다의 물결소리 들린다

파도처럼 가슴에 부서지는 생각의 물결
그우에 나의 시름은 콜크처럼 떠돌고

눈만 뜨면 음참히 나의 갈빗대를 찌르는 모습──
벌거숭이 나무숲에 가마귀떼는 게걸댄다

왼몸을 뒤덮는 어둠의 떼구름
나의 청춘은 정녕 깨어진 바윗돌이냐

씹어뱉은 풋감빛으로 짙어만 가는 병든 마음
뉘우침은 목놓아 울고 심장은 망설임에 좀먹다

대지(大地)

언덕 풀밭에는 노-란 싹이 돋아나고

나뭇가지마다 소담스런 이파리가 터져나온다

쪼그라진 초가(草家)추녀 끝에 창(槍)처럼 꽂힌 고

드름이

햇볕에 하나둘씩 녹아 떨어지던 날이 어제 같건만-

악을 쓰며 달려드는 찬바람과 눈보라에 넋을 잃고

고달픈 새우잠을 자던 대지(大地)가

아마도 고드름 떨어지는 소리에 선잠을 깨었나 보다!

얼마나 우리는 고대(苦待)하였던가?

병들어 누워 일어날 줄 모르고 새우잠만 자는 사

랑스런 대지(大地)가-

하루바삐 잠을 깨어 부수수! 털고 일어나는 그 날을!

흙 내음새가 그립고,
굴속 같은 방구석에 웅크리고 앉았기는
오히려 광이를 잡고 주림을 참는 것만도 못하여—
지상(地上)의 온갖 것을 네 품 안에 모조리 걷어잡고
참을 수 없는 기쁨에 곤드러진 대지(大地)야!

풀뿌리로, 나뭇가지로,
지저귀는 새떼, 어렴풋한 아지랑이,
흐르는 샘 천(泉) 물, 속삭이는 바람……
무엇 하나이고 네 것 아님이 없고나!

오! 두 말 말어다, 이제부터 우리는
활개를 쩍! 벌리고 마음껏 기지개를 켜볼 수 있고
훈훈한 태양(太陽)을 품안에 덥석! 안아 볼 수가

있다!
　허파가 바서지고 핏줄이 끊어질 때까지라도 좋다!

　항상 네가 원하는 것이라면 무엇이고
　그 놈을 굳건히 걷어잡아라!
　그곳에 영원(永遠)한 대지(大地)의 교훈(教訓)이
있다.

독사(毒蛇)

까투리 푸드드 날러간 가랑잎 밑에
골무쪽 같은 대가리를 반짝 쳐들고
갈라진 혓바닥이 꽃수염처럼 낼름거린다

세네카의 웅변이 아무리 무서워도
네 이빨에 아라파스타의 살결, 젖퉁이를 물려
안토니오의 뒤를 따라간 크레오파트라다!

내 손가락을 꽉 물어다오.
피가 나도록 손가락을 꽉 ― 물어다오.

돌산

번개 발밑에서 해바래기처럼 빗나고
우레 허공에 화약처럼 터져나갈 때,

물고기마냥 바위의 품안을 더듬어 맨 꼭대기 메뿌
리우에 두발 세우니,
햇빗 산허리에 몬저 바람 뺨에 찬데
따의 숨소리 머·ㄹ어 들리지 안코,

매기 파먹고 간 크고 적은 바윗그늘에
번개와 바람만 둘이서 이야기한다

……와지끈, 뚝, 딱……
……뚝, 딱, 와지끈……

비바람이 갉아먹은 바위의 병풍밑
눈 아플 듯 치솟은 늙은 잣나무가지다.

산 그 서슬에 이름 모를 짐승되어
주린 사자처럼 소리치며 내어달리고,

두려움에 떠는 머리칼과 함께
별이 떨어져 돌이 되는 ○새기로 달리다.

동면(冬眠)

시퍼렇게 얼어붙은 얼음장
그러나 귀를 기울이고 들어를 보련
그 밑을 관류(貫流)하는 거센 물줄기의 음향을

찬바람의 견딜 수 없는 공세에 백기(白旗)를 들고
패배의 구렁에 흐느껴 울던
저 언덕 나뭇가지들의 푸른 힘줄을

칼날 같은 이빨(齒[치])로
온갖 것을 씹어 삼키려던 북풍도
이제는 가쁜 숨소리를 남기고 달아나리로다

아아 미쳐 날뛰는 찬바람의 계절 —
그놈은 온갖 것을 모조리 앗아갔다

단 하나밖에 없는 창살 틈으로
겨울날 태양의 한 줄기가 새어듦을 보고
내 사랑하는 친구들은 오늘도,
누렇게 썩은 얼굴을 움직이고 있으리라

태양에 굶은 인간의 넋이여
두 말을 말고 네 가슴을 네 손으로 짚어보렴

가슴속 깊이깊이 한 줄기 아련한 봄노래가 삐악
소리를 치고
멀미나는 우수(憂愁)가 몸서리치며 달아날,
그리하여 열화(熱火)에 넘치는 태양이 눈부시게 내
리쪼일 그 날을

너는 전신을 다하여 목격할 수 있으리니

그 때 사랑하는 친구들도 돌아오리라

쩡! 갈라지는 얼음장의 외침
— 아무런 속박도 앙탈도 그놈에게는 자유이리라
보아라 거북(龜[구])의 잔등처럼 가로 세로 금을
그으며
지심(地心)을 뚫고 내솟는 자유의 혼, 실행(實行)의
힘이,
한 걸음 두 걸음 다가오는 계절의 목덜미를 걸어
잡고
지상의 온갖 헤게모니를 잡으려는 첫소리를

오오 동면(冬眠)의 혼이여

기지개를 켜고 부수수 털며 일어나는 실행(實行)의 힘이여

나는 이를 악물고 가슴을 조이면서

네 다리에 피가 흐를 때까지 채찍을 더(加[가])하려련다

동쪽

같이 웃고
같이 울었다
기쁠 때
슬플 때

지금 ―
너는 동쪽
나는 서쪽

오늘도
그리움을 안고

낙엽진 산비탈에
나 홀로 서서
슬픔을 씹는다

들

맥 풀린 두 팔에 매달려 오르락내리락
무디고 무딘 괭잇날이
붉은 흙을 뒤지고 뒤질 때…

저녁 노을은 온 들을 뒤덮었다

아픈 허리를 펴고,
늘어진 고개를 들고,
그는 까마득한 벌판을 내다본다
…구비구비 뻗어나간 모래 이랑 위에
푸른 바다처럼 물결치는 보리밭

아 삼동(三冬)도 지리지리
멀미나는 날과 밤을

견딜 수 없는 추위에
바스스 떨던 보릿싹이
저렇게도 탐스럽게 자라나다니

능청맞은 여름의 손아귀는
어느새 온 땅덩이를 차지했나?
…넋없이 바라보는 그의 눈은
간난이의 모양을 그려본다
파랑 치마에 쌩끗 웃음 짓는 간난이

순간! 그의 눈은
멀지 않은 앞날…

지긋지긋한 '보릿고개'를 그려본다.

그리고 알지 못하는 동안에 그는 부르짖는다
— 네 언제 일 안하고 놀아보았던가?
언제 하룬들 언제 단 하루인들…

땅김

땅덩이 한껏 기름져
잎과 나무 흐드러졌다

보리밭 더듬어온 바람이
훈훈한 흙내를 풍기고

쇄치 등에 윤이 흘러
어느새 뿔과 제법 자랐고나

치어다보면 서쪽 하늘엔
해가 황혼의 꿈을 태운다

또 하나 바다

쟁반만 하게 둥근 달이
대낮처럼 환한 밤을 켜 놓았다

모래 언덕에 긴 그림자 세워 놓고
염통으로 듣는 물결소리 ─

소아… 파아… 출렁…
출렁… 파아… 소아…

나의 가슴에도 물결소리 있어
나의 가슴에도 또 하나 큰 바다 있어…

마을

한낮의 꿈이 꺼질 때 바람과 황혼은
길 저쪽에서 소리없이 오는 것이었다

목화꽃 희게 희게 핀 밭고랑에서
삽사리는 종이쪽처럼 암닭을 쫓고 있었다

숲이 얄궂게 손을 저어 저녁을 뿌리면
가느디 가는 모기우름이 오양간 쪽에서 들리는 것
이었다

하늘에는 별떼가 은빛 우슴을 얽어놓고
은하는 북으로 북으로 기울어지는 것이었다

만가(輓歌)·1

쇠뭉치처럼 머리가 무거우냐?
사방을 에워싼 어둔 방안의 멀미냐?
그믐밤보다도 어둡고 슬픈 대낮이냐?
이 세상이 질퍽거리는 흙탕물을 먹었느냐?

바램(希望[희망])은 목놓아 울고
괴롬은 오도도 떠느냐?

옻빛처럼 캄캄한 어둠의 테 속 —
떨어진 이불 속에 흐느끼는 패부야
먼지 낀 선반 위에 잠자는 굴욕아
화석(化石)처럼 너는 굳어서 뼈드러졌느냐?

그래도, 흰 깃발은 차마 못들어

검정 보자기로 깃폭을 만들고 싶으냐?

검정 깃발이 까마귀 울음을 부르는 밤
죽음을 외우는 목청은 찢어질 것을…

아아, 어디서 우느냐?
미친 듯 노하여 울부짖는 종소리!

만가(輓歌)·2

── 성낸 물결의 넋두리냐?
숨막힐 듯 잠자다가도
바람이 은근히 꾀이기만 하면, 금시에
흰 이빨로 허공(虛空)을 물어뜯는,
주검아, 너는 성낸 물결의 넋두리냐?

── 고기에 미친 독수리냐?
죽은 듯 고요한 양지쪽에
둥주리에서 갓 풍긴 병아리를
한숨에 덥석! 채어가는,
주검아, 너는 독수리의 넋을 닮었느냐?

그가 삶을 탐내어
목숨을 놓지 않고 몸부림쳤건만

울부짖고 발버둥이치며 앙탈도 했건만,

주검아, 너에겐
아무것도 거칠 것이 없느냐?
물도, 불도, 원통한 목숨까지도……
무엇 하나 너에겐 거칠 것이 없느냐?

사람의 그 누가 살기를 원할 때,
목놓아 목숨을 불러도 불러봐도
너에겐 한방울 눈물도 아까웁고,

사람의 그 누가 죽기를 원할 때,
죽기를 손꼽아 기다리고 기다려도
너는 그것마저 선뜻 내어주기를 꺼리느냐?

주검아, 네가 한번 성내어

피에 주린 주둥아리를 벌리고

탐욕(貪慾)에 불타는 발톱을 휘저으면,

　섬광(閃光)의 찰나(刹那), 찰나(刹那)가 줄달음질

치고

　도막난 시간(時間), 시간(時間)이 끊기고 이어지는

동안

　살고 죽는 수수께끼는 번뇌처럼 매암도는 것이냐?

　어제(새벽 네時[시])

　기여코 너는 그의 목숨을 앗어갔고,

오늘(낮 한時[시])
유족(遺族)들의 명열(嗚咽)하는 소리와 함께
그를 태운 영구차(靈柩車)는 바퀴를 굴렸다,
바둑판 같은 묘지(墓地) 우에 점(點) 하나를 보태
기 위하야 ──
오호, 주검아!

한마디 남김의 말도, 그가 나에게
주고갈 시간(時間)까지 너는 알뜰히도 앗어갔느냐?

바람불고 구름낀 대낮이면
음(陰)달진 그의 묘지(墓地) 우에 가마귀가 떠돌고,
달도 별도 없는 검은 밤이면
그의 묘비(墓碑) 밑엔 능구리가 목놓아 울고,

밤기운을 타고 망령(亡靈)이 일어날 수 있다면
원통히 쓰러진 넋두리들이
히히! 하하! 코웃음치며 시시덕거리는 대오(隊伍)
속에
그의 망령(亡靈)도 한 자리를 차지하리로다!

만가(輓歌)·3

주린 고양이의 마음이로다
창굴(娼窟)의 대낮 같은 고달픔이로다

무엇이고 누구임을
가리지 않고 고대하는 마음…

그것도 가릴 때가 아님을 아노니
아아, 오려므나, 바람처럼 가볍게
걷잡을 수 없는 미친 마음의 품안으로 —

기다리는 마음의 안
두 눈알로 몰려들면

가슴은 북처럼 울고

코는 피리처럼 떨도다

얼마나 커단 뜻이기에
얼마나 참을 수 없는 바램이기에
이리도 무섭게 지랄치는 마음이냐?

— 고기에 미친 야수(野獸)로다!

무덤보다도 괴로운 삶의 몸둥아리를
피를 좋아하는 호조(胡鳥)의 주둥아리가
멀미나도록 파먹고 내버렸느니

끈적거리는 삶의 성채(城砦)여

…오동마차(梧桐馬車)에 태워
응달진 묘혈(墓穴)로 휘몰아 보낼까 보다

천 길 벼랑 아래로, 멱살을 부여잡아
만가(輓歌)와 함께 던져버릴까 보다

아하!
통곡하는 대지 ―

불꽃아!
광란아!
공소야!
곤두 재주야!

주린 고양이처럼
지향 없이 싸대는 마음의 한복판에서
꽝 소리가 저절로 터져나올 때,
기울이고 엿듣던 귓청은 찢어지거라

그 때 —
대지의 한 끝으로부터
나무가 거꾸러지고
집채가 뒤덮치고
온 땅덩이의 사개가 뒤틀릴 때,

미쳤던 마음은
기쁨의 들창을 열어제치고
하하하 손벽치며 웃어주리로다

오오, 벌거숭이 같은 의욕아!
삶의 손아귀에서 낡은 질서를 빼앗고
낯선 광상곡(狂想曲)을 읊어주는 네 마성(魔性)을
나는 연인처럼 사랑한다

멋 모르고

멋 모르고 사는 동안에
나는 어느새 반이나마 늙었네

야윈 가슴 쥐어뜯으며
나는 긴 한숨도 쉬었네

마지막 가는 앓는 사람처럼
외마디소리 질러도 보았네

보람 없이 살진대, 차라리
죽는 게 나은 줄 알기야 하지만

멋 모르고 사는 동안에
나는 어느새 반이나마 늙었네

면경(面鏡)

올 사람도 없고
기다릴 사람도 없는
바다 속 같은 방 안 ──

테 없는 거울,
그 속에 비친 얼굴을
뚫어지라 쏘아볼 때,

누가 자취도 없이 들어와서
저 거울마저 빼앗어간다면……

오오!
소리 없음을 '정적(靜寂)'이라면
외로움은 한개 색다른 '주검'이냐?

바다

푸른 물결이 용솟음치는
바다의 한복판—

바람은 물결을 몰고
몰리는 물결은 뱃머리를 갈기니

비어(飛魚)는
꽃닢배처럼 흘러가고
갈매기는 백기(白旗)처럼
펄펄 날아갈 때,

갑판(甲板) 위에
두 다리 비벼 세우고
아마득—한 하늘 끝—

푸른 섬을 지키는 붉은 등대(燈臺)를 노리면서
　지금 내 가슴은 바다가 주는 말 못할 기백(氣魄)을
씹어먹노니,

바다여!
백발(白髮)을 모르는 구원(久遠)한 청춘(靑春)이여!
검푸른 네 얼굴에 불타는 의욕(意慾)이여!
　그 무엇에게도 굴종하지 않는 불굴(不屈)의 인간
혼(人間魂)이여!
　불타는 네 억센 의욕(意慾)을 나는 사랑한다!

내 마음의 젊었던 그 시절(時節)—
성낸 사자처럼 성낸 사자처럼
오—죽 기탄없이 뛰어나가던 내 마음의 젊었던 그

시절(時節)!

오오
피끓는 가슴이여!
청년(靑年)다운 의기(意氣)여!
용감스런 전진이여!
거센 물결 같은 불굴(不屈)의 힘이여!

그것을 나는 너에게 탐낸다!
말 못할 굴욕에 몸서리를 치고
가슴을 치며 쓰러진 내 마음에
밑바닥까지 숨어드는 네 의욕(意慾)

바다에서

해 서쪽으로 기울면

일곱 가지 빛깔로 비늘진 구름이

혼란한 저녁을 꾸미고

밤이 밀물처럼 몰려들면

무딘 내 가슴의 벽에

철썩! 부딪쳐 깨어지는 물결…

짙어오는 안개 바다를 덮으면

으레 붉은 혓바닥을 저어 등대는

자꾸 날 오라고 오라고 부른다

이슬 밤을 타고 내리는 바위 기슭에

시름은 갈매기처럼 우짖어도

나의 곁엔 한 송이 꽃도 없어…

박쥐

할아버지의 아버지의 아버지가
관을 쓰고 살았다는 옛집에서
이야기로만 듣던 박쥐를 보다

먼 옛날
새떼와 짐승들이 편싸움을 할 제
꾀가 많은 박쥐는 싸움도 않고 구경만 하다가

새 편이 애써 싸워 이기면
얼른 새 편으로 날아가서
'나는 날개가 있으니 새 편'이라고 아양을 떨고

짐승 편이 애써 싸워 이기면
얼른 짐승 편으로 뛰어가서

'나는 쥐처럼 생겼으니 짐승 편'이라고 간사를 부리다가

새떼, 짐승떼에게 주리를 틀리고 쫓겨난 다음
새도, 개도, 닭도, 소도, 다 잠든 밤중에만 나와
잠든 꿀벌을 튀겨 잡아 먹는다는 박쥐들

밤 바다에서

―팔미도(八尾島) 바다

넓으나 넓은
바다의 품에 안기여
오고 가는
검은 구름 속으로
숨어 흐르는 쪽달 쳐다보며

이 저녁
내 배는
동쪽으로 동쪽으로
기우뚱기우뚱 떠나가누나

밤 바람은 물 위에
검은 빛 주름살을 지우고
가뜩이나 으슥한데

물새 울어 더욱 서럽고나
사나운 물결의 아우성과 함께 —

아… 이 저녁
나는 고래처럼
물 속에 잠기고 싶고나
겨레의 눈물 모두 다 거둬가지고
끝 모를 이 바다 밑으로
뉘우침 없이 가라앉고 싶구나…

밤의 노래

이리공 뎌리공 하야
나즈란 디내와손뎌
오리도 가리도 업슨
바보란 또 엇디호리라 ──청산별곡(靑山別曲)에서

서리 찬 달밤
대숲에 푸른 바람 일고
별이 수 없이 지면
주린 범처럼 마아야는
자취 없이 일어나느뇨

아으 어린 짐승들의 울음에
머언 골을 되돌아오는 메아리여
눈감아도 감아도 더욱 가까워
내 이 한 밤 잠들지 못하노라

밤의 시름

오라는 사람도 없는 밤거리에 홀로 서면
먼지 묻은 어둠 속에 시름이 거미처럼 매달린다

아스팔트의 찬 얼굴에 이끼처럼 흰 눈이 깔리고
빌딩의 이마 위에 고드름처럼 얼어붙는 바람

눈물의 짠 갯물을 마시며 마시며 가면
흐미하게 켜지는 등불에 없는 고향이 보이고

등불이 그려 놓는 그림자 나의 그림자
흰 고양이의 눈길 위에 밤의 시름이 깃을 편다

밤차

다만 두 줄기 무쇠길을 밟으며
검은 밤의 양 가슴을 뚫고
지금 나는 들을 달리고 있다.

나의 품안에 얹혀 가는 가지가지 사람들
남에서 북에서 오고가는 사람들
—누가 좋아서만 오고 간다더냐?

양초마냥 야위어 돌아오는 가시내
수취한 마음으로 집을 나선 사내
—대체 그게 어쨌단 말이냐?

나는 모른다, 캄캄한 나의 앞길에
무엇이 기다리는 지 누가 쓰러져 있는지
수없이 많은 나의 발길의 망설임!

배암

윤채나는 금(線[선])을
커-다랗게 그려놓고
징그럽고 무서운 꿈을
서리고 앉은 짐승!

──── 물처럼
고요한 시간(時間)일다!

내 눈이
석양(夕陽)보다도 눈부시는
네 비늘에 취하고,

내 귀가
생선보다도 연한

옥(玉)토끼의 우짖는 소리를 듣는 것은,

철망이 없다면
정말 너는
한개의 장난감이 아닌 까닭이다!

백야(白夜)

나뭇가지에 눈이 나린다
길우에 눈이 쌓인다

쌓이는 눈 밑에 돌다리가 있고
나는 기침을 하면서 그쪽으로 간다

흰 개가 흰눈을 밟고 간다
눈사람이 만들고 싶은 가슴이었다

어데선지 비둘기의 꾸꾸 앓는 소리
먼지와 기름내에 멍든 나의 귀 나의 마음
가슴속엔 풍선처럼 부풀어오르는 하-얀 시름

벌

꽃은 모조리 피를 흘리고 죽는데
무엇이 그렇게도 좋길래
벌떼는 온종일 콧노래만 부르는가

벽(壁)

납덩이의 하루살이에 밤이 나리면
지친 사지가 데식은 기지개를 켠다

마주 뵈는 벽 하얀 벽 속엔
흐미하게 켜지는 저승의 등불

슬퍼함은 나의 버릇
꿈도 이젠 깨어진 거울쪽

거꾸로 서면 가슴의 먼지는
가랑잎처럼 우수수 쏟아질까

별이 떨어지는 벼랑처럼
멀고 아득한 나의 밤

별과 새에게

만약 내가 속절없이 죽어
어느 고요한 풀섶에 묻히면

말하지 못한 나의 기쁜 이야기는
숲에 사는 적은 새가 노래해 주고

밤이면 눈물어린 금빛 눈동자 별떼가
지니고 간 나의 슬픈 이야기를 말해 주리라

그것을 나의 벗과 나의 원수는
어느 적은 산모롱이에서 들으리라

한개 별의 넋을 받어 태어난 몸이니
나는 우지 마자 슬피 우지 마자

나의 명이 다-하야 내가 죽는 날
나는 별과 새에게 내 뜻을 심고 가리라

별바다의 기억(記憶)

마음의 광야(曠野) 위에
푸른 눈동자를 가진 밤이 찾아들면

후줄근히 지친 넋은
병든 소녀처럼 흐느껴 울고

울어도 울어도
풀어질 줄 모르는 무거운 슬픔이
안개처럼 안개처럼
내 침실의 창기슭에 어리면

마음의 허공에는
고독의 검은 구름이
만조처럼 밀려들고

― 이런 때면 언제나
별바다의 기억이
제비처럼 날아든다

내려다보면
수없는 별떼가
무논 위에 금가루를 뿌려 놓고
건너다 보면
어둠 속을 이무기처럼
불 켠 밤차가 도망질치고

쳐다보면
붉은 편주처럼 쪽달이

둥실 하늘바다에 떠 있고

우리들은
나무 그림자 길게 누운 논뚝 위에서
퇴색(退色)한 마음을 주홍빛으로 염색(染色)하고
오고야 말 그 세계의 꽃송이 같은 비밀을
비둘기처럼 이야기했더니라

병(病)든 마음

굳은 빗발이
슬픈 목소리로
함석 차양을 노크하는 늦가을 밤 ―

내 가슴의 덧문을
사정없이 두드리는 그 소리,
병든 마음의 한복판에
바늘을 박는다

무덤처럼 고요한 방안에
송장처럼 반듯이 누워
운명의 쇠 힘줄을 짓씹을 때

슬피 우는 그 소리가
내 마음을 조상하도다

병실(炳室) 1

네 얼굴이 눈처럼 새하얗고,
네 눈알이 어름쪽처럼 차디찰 때,

어머니의 가슴속엔
요망스런 예감(豫感)의 회호리바람이
바야흐로 소동(騷動)하려는도다.

오호! 가믈거리는 목숨의 호롱불아!
무서운 임종(臨終)의 칼날이 두려워,
모래언덕 같은 어머니의 가슴에는
새-파란 피뭉치가 몸부림치도다.

병실(病室) 2

병들어 지친 속눈섭이
십촉전등(十燭電燈)에 노랗게 멍들고,

헛되이 시들린 수많은 날과 밤의 꽃다발이
몬지처럼 뽀-얗고, 그 속에
좀먹은 희망(希望)이 무지개처럼 뻗쳐 있다!

우수(憂愁)와 조락(凋落)의 엘.레.지.-를 지닌 가슴,
갑갑함을 못참어 야윈 손을 들어보면
썩은 나무토막처럼 맥이 풀어지도다!

봄

비단실을 가진 보슬비는
하늘과 땅을 얽어맨다
해는 이슬안개 속에서 웃어나와
나무가지들의 곤한 잠 깨우고
아지랑이 속엔 연한 물소리와
간지러운 바람 속엔 방울 단 새소리와……

봄의 환상(幻想)

양(羊)털 같은 바람이 한케 두케 두터워지는 동안
장ㅅ대같은 고두름은 녹어떨어젓다.

썰그러진 추녀 끝에 잠만 자든 늙은 몬지들도
기ー ㄴ 하품, 늘어진 기지개에 묵은 꿈을 걷어찻다.

우수(雨水)도 지나고
경칩(驚蟄)도 춘분(春分)도 지낫다.

수분(水分)과 태양(太陽)을 빨아먹은 비만(肥滿)한
언덕에
개나리도 제멋대로 어우러젓다.

강남(江南) 간 제비도 옛보금자리가 다시 그리워

묵은 둔지에 새 진흙을 칠할 날이 머지않다.

두더지의 별명을 듯는 마을사람들이
쌀항아리의 밑바닥을 긁는날
풀뿌리를 먹고 부황이날 보릿고개도 머지 않다.

뼈를 쑤시는 엄동(儼冬) 지리한 낮과 밤을
땅속에서 졸든 개고리떼가 하품을 하면

건너마을 수리조합ㅅ벌에는
또다시 힘엇는 농부가가 들리리라

분수(噴水)

다만 홀로 외롭게 슬픈 마음이기에
밤도 깊어 자지러지는 이 거리로 왔다

분수가 푸른 불꽃을 불어올리는 거리
그 옆에서 언약도 없는 사람을 나는 기다린다

푸른 반달이 기울어진 하눌을 향하여
구슬처럼 불꽃처럼 타오르는 물줄기

가슴속 외론 시름에 지는 한숨처럼
슬픈 소리를 하면서 떨어지는 물줄기

온데 간데 모르게 다가온 시름이
끝없는 마음의 층층다리를 기어올라간다

눈동자 속 저도 모르게 고인 눈물처럼
소리없이 떨어져 흩어지는 물줄기

밤의 늪을 걸어가는 지친 바람처럼
가벼웁게 불려서 스러지는 물줄기

얼굴도 모습도 없는 슬픔이기에 이 한밤
보이지 않는 발자취를 마음은 가늠한다

마음속 헛된 꿈에 타는 불꽃처럼
불똥도 없이 불똥도 없이 가라앉는 물줄기

동아배암의 꼬리우는 소리처럼……
송장 우에 스러지는 잦은 탄식처럼……

붉은 뱀

양귀비꽃 희게 우거진 길섶에
눈부시는 붉은 금
또아리처럼 그려놓고
징그럽게 고운 꿈
서리고 앉은 짐승

오오, 아름다운 꿈하!

죽음처럼 고요한 사이
내 눈과 네 눈이 마주치는 동안
징그러운 슬픔을 지녀, 너는
죄스럽게 붉은 한 송이 꽃이어라

선뜻 대가리 감아쥐고

휘휘 칭칭 목에 감아나 볼꺼나

네 징그러운 몸둥이 속에 품은
해보다도 뜨거운 넋의 불꽃……
낼름거리는 붉은 혓바닥으로
피도 안 나게 물어뜯은 상채기–
이브 유우리디스 클레오파트라……

누리는 열매 맺는 여름이라
호두나무에 호두 열고
능금나무에 능금 여는 시절……

어떤 이는 네 몸에서 사랑을 읽고 가고
어떤 이는 네 몸에서 이별을 읽고 가고

어떤 이는 네 몸에서 죽음을 읽고 갔다

아으, 못 견디게 고와도 어리따워도
덥석! 껴안고 입맞추지 못함은
내 더러힌 몸 다시 씻지 못하는 죄인져!

붉은 혓바닥

어둠이 어리운 마음의 밑바닥
촉촉히 젖은 그 언저리에
낼름 돋아난 붉은 혓바닥.

── 검정 고양이의 울음이로다!

웃는지, 우는지,
알 수 없는 그 소리가
검게, 붉게, 푸르게, 내 맘을 염색(染色)할 때,

털끝으로부터 발톱끝까지
징그럽고 무서운 꿈을 풍기는 동물(動物).

요기(妖氣)냐?

독초(毒草)냐?
배암이냐?

저 놈의 눈초리!

동그랗게, 깊고 차게,

마음껏 힘껏, 나를 노려보는 것!

오!
창(槍) 끝처럼 날카롭고나!
바늘처럼 뾰-족하고나!

비둘기

눈이 석자나 쌓인 채
긴긴 나흘이 흘러간 날,
낡은 기와집 추녀밑 ──
단청마저 의의한 새장 속에
가슴이 아퍼 내 마음 비둘기는 꾸꾸 운다.

비애(悲哀)

애여 이속엔 들어오지 마라

몸둥아리는 버레가 파먹어
구멍이 숭숭 뚫리고

넋은 하늘을 찾다가
따에 거꾸러져 미쳐난다

애여 이속엔 들어오지 마라

빙점(氷點)

코끼리처럼 느린 걸음으로
무거운 게으름에 엎눌리어
삶의 벌판을 엉금엉금 기어가다가
빙점(氷點)의 정수배기 우에
얼어붙은 몸둥아리다!

봄바람은 어데로 갔느냐?
꿈많은 내 넋두리를 불러일으킬,
새벽녘 건들바람이, 잠자는 배를
머ㅡㄴ 하늘밑 바다 우흐로 몰아치듯 ──

오!
쓰면서도 달고,
달면서도 쓴,

삶의 술잔아!

얼어붙은 지역(地域)의
야윈 형해(形骸) 우에
마지막으로 부어줄 독주(毒酒)는 없느냐?

빙하(氷河)

머-ㄴ 숲으로 새떼가 총알처럼 흩어지면
강언덕 밤이 검은 옷자락을 펼치고
소리없이 소리없이 나린다
하눌은
사라센의 반달기를 덩그렇게 매어달고

뼈만 앙상한 포풀라의 흐미한 가지끝 ―
별떼는 바람찬 허공우에 등불을 켜들고 온다

숲기슭을 어성대는 이리떼 바람이
양떼마냥 눈뗌이를 몰아쫓는 골재기밑에
화석처럼 강은 힌 나래를 펼치고 누어 있다

손바닥으로 더듬으니 차돌처럼 싸-늘하고

입을 대고 후-ㄱ 불어보나 김도 어리지 않어
귀를 비벼 엿들어봐도 감감한 어름장의 살결

오오 별똥처럼 가슴에 떨어지는 슬픔아
밤마다 흉한 꿈을 던져주는 사탄의 손길아
대낮의 등잔에도 옛이야기만 켜놓고 가는 검은 밤아

주린 꿈이 어름의 쇠사슬을 씹어끊고
성낸 물결처럼 소리치며 흘러가려해도
밤은 바다밑처럼 깊기만 하야 그 밑에
죄와 벌의 나사못은 비 ─ 비 ─ 꼬이고
아득한 히망은 납덩이마냥 가라앉는다

눈덮인 숲그늘에 밤새 울기를 기다려

빛을 기리는 노래

달도 별도 없는 밤에
홀로 빈 뜰에 서성대
밤의'마아야'내 손목을 잡는다

잠잣거라 가슴아 나는 미쳤어라
지금이 어느 때라 나는 빛을 찾는가
어둠의 우리 속에 둘러싸이어
나는야 굶은 이리 되었어라

찬 서리 내리어 내리어
촉촉히 젖어 서린 나뭇잎 밟고
쉴 데도 없는 몸 어찌 하리까

물 가에로나 가볼까

물 가에 가서 넓은 물 위에

배 띄워 타고 배 띄워 타고

끝 모를 바다로나 가볼까

뫼에로나 가볼까 가볼까

뫼에 가서 관음(觀音)님께 무릎 꿇고 빌까

관음(觀音)님은 이 내 속 아시오리

설운 마음 술집에나 찾아 갈까

술집 가시내 정다운 양 내 손목 잡으면

가신 임 다시 본 듯 품고 노닐까

아서라 아서라 그리 말아라

벼락이 내려치는 무문지옥(無門地獄)에 떨어지리

가신 임 여의었은들 믿음이야 그치리이까
구슬이 구슬이 바위에 떨어진들
그 구슬 꿰은 끈이야 끊이리이까

아으 속절없어라 내 몸은
미친 바람에 지는 꽃잎답게
덧없이 예는 길 애달파라

아니어라 아니어라
차라리 나는 돌아가리로다
미더운 봉당자리에 반듯이 누워
찬 이불로 이 몸 덮어 누워
사향각시 품은 듯 잠이나 자리라

새벽이라 기름때 묻은 베갯맡에
식은 눈물이 젖어 배어
상사연정(相思戀情)도 애달프게 눈을 뜨면
짐짓 듣는 먼 절의 쇠북소리

놀라 깨어 자리 차고 일어
문 박차 열고 뜰로 나가면
반가와라 동녘 하늘에 번히 틔는 빛
아으 이제야 나는 빛을 안으리로다

빛아, 빛아 돋으시라
새 햇빛 밝아오면
온 누리 너울너울 춤추고
내사 밝은 빛이 탐나

눈 비비며 눈 비비며 쫓아가리로다

빛아, 밝고 빛나는 아침 햇빛아
시들은 언덕에 새싹 돋아나고
마른 나뭇가지 위에 꾀꼬리소리 들리고
골짜기마다 옹달샘이 솟아나고
얼굴 들어 고개 숙인 열매나 따 먹고
너풀대는 푸른 나무 그늘 아래 사오리라
빛을 안고 밝은 햇빛 안아 사오리라

사(死)의 비밀(祕密)

울어도 보았소
웃어도 보았소

울지도 않고
웃지도 않고
잠잠히 누워도 보았소

그러나 —
만삭(滿朔)의 태아(胎兒)처럼
징그럽게 꿈틀거리는 생각 생각…

그 때 내 눈 앞에
검은 옷을 입은 주검이 미소를 띠우고,
큰 목청으로 소리치며 지나갔소

너는 소펜화이엘처럼 못생긴 놈이다

사슴

히히 사슴이 운다

서리 맞고 얼어죽은
흰나비 냄새 같은 목소리로
히히 사슴이 운다

제 소리에 산이 울고
산울림에 또 다른 골이
덩달아 울던 맑은 시냇가

범과 이리가 무서워도
맘대로 뛰어다니며, 제 입으로
뜯어 먹던 풀잎이 그리워

히히 사슴이 운다

사슴

먼 곳에서 오는
피리의 가락처럼
사슴이 운다
밤

이미 잃어진 옛날의
고운 그리움처럼
그 소리
꼬리를 물고 예는 곳…

아으 생각하면
나의 전생은
사슴도 벌레도 물고기도
꽃도 별도 구름도 아니어라

사자

입을 꾹 다물고

갈기마저 눕히어

노염을 재운 채

바위처럼 앉아 있어도

사자는 사자다

저 눈알을 봐요

별이 숨었지…

저 눈알을 봐요

핏기가 어렸지!

산

──백운대(白雲臺)에서

별 산허리에 끊쳐
바람 뺨에 차고

따의 숨결 머얼어
번개와 바람 단둘이 이야기한다

우르르르……
우르르르……

산 그 서슬에 놀라
큰 짐승처럼 소리쳐 내닫고

두려움에 떠는 가슴 머리칼과 함께
별이 떨어져 돌이 되는 머언 골로 달리다

살어리

1

살어리 살어리 살어리랏다
그예 나의 고향에 돌아가
내 고향 흙에 묻히리랏다

나뭇잎이 우수수 지누나
황금빛 나무잎이 지고야 마누나

고운 빛 지닌 자랑도 겨운 양
나무잎이 울면서 지고야 마누나

누른 빛 하늬바람 속엔
매캐한 암노루의 배꼽내 풍기고

지는 해 노을을 고웁게 수놓으면
어린 적 생각 눈에 암암하여라

조무래기 병정 모아놓고
내 스스로 앞장 서서
숨가쁠싸 풀덩굴 헤치며 헤치며
대장 놀음에 해지는 줄 모르던 곳

2

살어리 살어리 살어리랏다
그예 나의 고향에 돌아가
내 고향 흙에 묻히리랏다

하마 꿈엔들 잊히랴
댓가지로 활 매어
홍시라 쏘아 따 먹고
잠자리 잿불에 구워먹던 시절

엄마가 빗겨주는 머리
굳이 싫다 울며 뿌리치고
냇가에 나아가 온 하루 물탕치다가
할아버지께 종아리 맞던 생각

그때, 나는 풋사랑을 알았어라
달보다 곱고 탐스런 가시내
가슴의 피란 피 죄 몰리었어라
꿀에 미친 왕벌이 꽃밭을 싸대듯 ──

3

살어리 살어리 살어리랏다
그예 나의 고향에 돌아가
내 고향 흙에 묻히리랏다

물 같은 세월은 어느덧
사냥도 갈 나이 되자
산도야지 이빨을 꺾는 대신
나는야 머리 깎고 서울로 가고
그때부터, 나는 눈물의 값을 알았어라

겨레의 설움과 애달픔을 알았어라

그때부터, 나는 미친 범 되었노라
자고 닐어 맞이하는 것 주림뿐이었어라

그때, 나를 기다려 지친 가시내
헛된 해와 달 보내고 맞다가
굳이 맺은 언약도 모진 칼에 잘리어
남의 임 되어 새처럼 날아갔어라

4

살어리 살어리 살어리랏다
그예 나의 고향에 돌아가
내 고향 흙에 묻히리랏다

고운 손길 한번 못 만져본
애타는 시름 덧없이 보내고
나는야 잃어버린 땅 찾으러
사랑보다 더 큰 사랑에 몸바쳤어라

투구 쓰고 바위 끝에 서서
머언 하늘 끝 내어다보면
화살이 빗발치는 싸움터 나를 불렀어라
불 맞은 호랑이처럼 나는 내달았어라

날아드는 화살이 가슴에 맞는가 했더니
화살이 아니라 한 마리 제비였어라
비비배 비비배배…… 제비는 몸을 뒤쳐
내 어깨를 스치며 날아갔어라

5

살어리 살어리 살어리랏다
그예 나의 고향에 돌아가
내 고향 흙에 묻히리랏다

때는 한여름 바다같이 너른 누리에
수갑 찬 몸 되어 전주라 옥살이
예(倭)의 아픔 채쭉에 모진 매맞고
앙탈도 보람 없이 기절했어라

그때, 하늘 어두운 눈보라의 밤
넋이 깊이 모를 늪 속으로 가랐을 때

한 줄기 타오르는 불꽃을 보았어라
그것은 도적의 마즈막 발악이었어라

나와 내 겨레를 은근히
태워 죽이려는 그놈들의 꾀였어라
정녕 우리 살았음은 꿈이었어라
정녕 우리 새날 봄은 희한하였어라

6

살어리 살어리 살어리랏다
그예 나의 고향에 돌아가
내 고향 흙에 묻히리랏다

도적이 물러간 옛 터전엔
상기 서른 여섯 해의 썩은 냄새 풍기어
겨레끼리 물고 뜯는 거리엔 가마귀떼 울고
때 오면 이슬 될 목숨이 하도하고야

바람 바다 밑에서 일어
하늘을 달음질칠 제
홀연히 나타날 새 아침하!
흰 비둘기처럼 펄펄 날아오라

내 핏줄 속엔 어느덧
나날이 검어지는 선지피 부풀어
사나운 수리의 날개 펴뜨리고
설은 몸 밀물처럼 흘러가노라

7

살어리 살어리 살어리랏다
그예 나의 고향에 돌아가
내 고향 흙에 묻히리랏다

어린애 가슴처럼 세월 모르던 시절하!
바랄 것 없는 어두운 마음의 뒤안길에서
매캐하게 풍기는 매화꽃 향내
아으, 내 몸에 맺인 시름 엇디 호리라

얼마나 아득하뇨 나의 고향
몇 메 몇 가람 넘고 건너

구름 비, 안개 바람, 풀 끝의 이슬 되어

방울방울 흙 속에 스미고녀
눈에 암암 어리는 고향 하늘
궂은 비 개인 맑은 하늘 우헤
나무 나무 푸른 옷 갈아입고
종다리 노래 들으며 흐드러져 살고녀 살고녀……

서라벌

버섯처럼 여린 모습으로
옛이야기 속에 나오는 마을 같은 마을

주춧돌과 기왓장의 나라
부러진 탑과 멋없이 큰 무덤의 나라

즈믄 해 두고 두고 늙은 세월
물어도 물어도 대꾸 없고

거치는 발 끝마다 찬 풀이슬이
눈물처럼 사뭇 신을 적신다

석류(石榴)

아가배나무 늙은 가쟁이에
누르게 익은 하눌타리는
구름처럼 손에 닿지 않고

지렁이 찍어 문 수펑아리
암컷 쫓아 풍기는 곳 —
부러져라 느러진 가지마다
붉게 고운 열매 열매…

스치면 우수수 쏟아질까
산호빛으로 삐어진 알알
먹지 않아도 이가 시리어…

푸른 잎의 푸른 빛

붉은 열매의 붉은 빛
그것을 가늠할 때 나는
먼 산 보는 버릇을 배웠노라

석문(石門)

안과 밖을 굳이 갈라놓은
싸늘한 돌문 하나가 있다 ──

밖에서 소리치며 두드린다고
선뜻 열어주는 일도 없으며,

한번 열고 들여주기만 하면
두번 다시 내보내지 않는 문이다,

이 문을 한번 들어간 사람은
세상(世上)의 온갖 것으로부터 인연을 끊는다,

사람들은 이 문을 주검이라 부르며 무서워한다,
비록, 개보다도 못한 삶을 누리면서도……

그러나, 들어오기를 무서워하지 않는 사람에게만
반겨 이 문은 모-든 것을 내어주리라!

성에의 꽃

으슥한 마음의 숲그늘에
주린 승냥이 기척 없이 서성거리고

바람이 울며예는 생각의 허공에
슬픔의 새떼 짝지어 울며갈 무렵

마루판은 얼음장보다 싸-늘한데
고향꿈 지닌 가슴엔 성에의 꽃이 피어

지울 수 없는 슬픔에 두 눈 비벼뜨고
창틈으로 넘겨보는 얼어붙은 달빛

눈뗌이를 쏴 ─ 쏴 ─ 불어 흝는 소리는
머-ㄴ 고향길 더듬어온 매운 바람이냐

야윈 얼굴에 터럭이 쓸모없이 돋어
책상 우에서 맺은 꿈 갈갈이 부서졌다

한치나 자란 때끼인 열개 손톱으로
앙상한 가슴 한복판을 피나게 긁어봐도

외로움만을 반겨 안어들이는 버릇 ——
그밖엔 아무것도 가져보지 못한 삶이니

푸로메듀스의 옛 가마귀 나의 운명아
내 가슴을 파먹어다오 원통히 파먹어다오

소내기

──누리가 무너지는 날

바람은 희한한 재주를 가졌다

말처럼 네 굽을 놓아
검정 구름을 몰고 와서
숲과 언덕과 길과 지붕을 덮씌우면
금방 빗방울이 뚝 뚝……
소내기 댓줄기로 퍼부어

하늘 칼질한 듯 갈라지고
번개 번쩍! 천둥 우르르르……
얄푸른 번개불 속에
실개울이 뱅어처럼 빛난다

사람은 얼이 빠져 말이 없고
그림자란 그림자 죄다아 스러진다

수박의 노래

나는 밭고랑에 누운 한 개 수박이라오

아이들이 차다 버린 듯 뽈처럼
멋없이 뚱그런 내 모습이기에
푸른 잎 그늘에 반듯이 누워
끓는 해와 흰 구름 우러러 산다오

이렇게 잔잔히 누워 있어도
마음은 선지피처럼 붉게 타
돌보는 이 없는 설움을 안고
아침이나 낮이나 저녁이나 슬프기만 하다오

여보! 제발 좀 나를 안아 주세요
웃는 얼굴 따스한 가슴으로

아니, 아니, 보드라운 두 손길로
이 몸을 고이고이 쓰다듬어 주세요

나는 밭고랑에 누운 한 개 수박이라오

슬픈 하늘

겁 붉게 부푼 흙덩이와
잎눈 뜬 가지 가지와
봄을 어루만지는 햇빛과……
꺼질 듯 어두운 슬픈 하늘에도
봄은 지금 아련히 빛난다

사람 사람의 눈초리마다
보이지 않는 불길이 타고
사람 사람의 가슴속마다
오직 하나 억센 뜻은 끓어

봄을 탐하는 안타까움
진주 구슬보다도 빛나고
있는 듯 만 듯한 봄노래 속에도

빛과 빛은 뜨거웁게 입맞춘다

아아 굶주린 내 마음속에
뛰는 핏줄 속에
붉은 장미꽃은 몽오리져도
머언 뒷날 묻는 이 있어
'너의 한 일이 무에냐' 하면
서슴지 않고 대답할 말을
나는야 가지지 못하였노라

시계(時計)

어둠은 바다속처럼 깊은데

책상머리의 사발시계가

제풀에 지쳐 헛소리를 외운다

폭 폭 뾰-죽한 바늘이다

쩡 쩡 싸-늘한 얼음쪽이다

톡 톡 가슴을 파먹는 따짜구리다

칭 칭 목에 감기는 배암 배암 배암……

심장(心臟)버레먹다

풀어진 몸뚱아리가
뱀처럼 느러진 밤
텅-ㅇ비인 내넋에
혹이 돗다!

달빛마저 창(窓)에 푸른데
하염없는 사랑이매,
말라붙은 가슴이로다.

생각 못뵈여,
꿈 못살려 눈앞은
항상 항상 그믐밤이요.

뼈속까지 멍든 삶에

내 심장(心臟) 밤마다 버레먹노니.

가슴속에 곱단 생각아!
마음속의 귀한 꿈아!
차라리 차라리 돌이 되라.

아지랑이

머언 들에서
부르는 소리
들리는 듯

못 견디게 고운 아지랑이 속으로
달려도
달려가도
소리의 임자는 없고,

또다시
나를 부르는 소리,
머얼리서
더 머얼리서,
들릴 듯 들리는 듯······.

아츰

—내마음ㅅ속에쏘는화살로서—

아츰 —

여명(黎明)의 동천(東天)을 뚫고 무거운 침묵(沈
黙)에 잠긴 암흑(暗黑)의 황야(荒野)에

한편 팔을 드러 북을 울니고,

다른 한손으로는 대지(大地)의 심장(心臟)을 파헷
치고 헷치일,

그리고 이제ㅅ것잠자든 온갖 저주(咀呪)와 복수
(復讐)의 날카로운 화살을 드러,

세기(世紀)를두고 꼿고꼿든 그목표(目標)를 쏘아
썰굴……

오, 용감(勇敢)히 뛰어나아갈, 기운차게 열이는 위
대(偉大)한 아츰의 서곡(序曲)이다.

억만년(億萬年) 타는 태양(太陽)의 붉은 계시 아래

에 한마듸 신호(信號)를 쌀어

흑연(黑煙)과 홍진(紅塵)의 도회(都會)에 물을 쎤고,

아츰이슬에 잠긴 고목(古木)의 야원(野原)으로 나아가 한번 소리치면

묵언(默言)의 검은 얼골과 풀닙과 황소 쎄들이 그 소리에 쒸어나고,

산악(山岳)에 올너 쏘 한번 윗치면 심산유곡(深山幽谷)에 자옥튼 운무(雲霧)좃처 달려나올……

그리하야 그곳에 비로서 삼라만상(森羅萬象)이 기갈(饑渴)과 비분(悲憤)을 잇고,

그 법열(法悅) 압헤 푹 파뭇칠 희열(喜悅)과 공포(恐怖)가 한가지 날쒸는

그 위대(偉大)한 아츰의 첫거름이다.

이곳에서 그누가 쎈치멘탈의 봄노래를 비수(悲愁)에 잠긴 연가(戀歌)를

얄잇한 곡조(曲調)로 노래하느냐? 혼(魂)을, 예술(藝術)의 신(神)을, 가을의 노래를……

벌서 어제ㅅ날 마음의 유성(流星)이 흘너감을 보

앗노니……

　오 - 즉 풍운우(風雲雨) 압헤 전율(戰慄)하는 낙엽(落葉)의 형자(形姿)임을

　오 - 즉 붉에 붉에 타는 아츰 해ㅅ발을 안고, 무한(無限)의 파동(波動)을

　대지(大地)의 심장(心臟)에 쑤리 깁히 박을 새아츰의 황야(荒野)임을……

　가거라, 내마음에 약(弱)한 근성(根性)아, 내 눈에 얄쑤진 눈물아, 내 혈관(血管)ㅅ속에 불순(不純)한 피야!

　약한 근성(根性) 너는 ᄯᅳ님업시 주저(躊躇)를 주엇다.

　얄쑤진 눈물! 너는 항상 실패(失敗)를 주엇다.

불순(不純)한 피! 너는 오로지 야심(野心)을 주엇다.
오, 가거라, 내 맘에, 내 눈에, 내 혈관(血管)에, 모
-든 부당(不當)한 존재(存在)여—

아침 바다

갈매기의 흔드는 손수건에
바다의 아침은 열려

새파랗게 트는 하늘이
바다보다도 해맑은 아침

바다의 배때기는 노상
육지보다도 높게 부풀어

오늘도 바다는 저의
육척한 몸집을 뒤틀고

외로운 마음은 갈매기처럼
훨훨 울며 날아 가누나

암야(暗夜)

어둠이 망난이처럼
왼누리를 집어삼켰도다!

바늘 한개만 떨궈도
벼락처럼 귀청을 흔들 정적(靜寂) 속에
두쌍의 눈알은 올빼미 같다!

날어드는 개똥불도
등불처럼 우리를 놀려주도다!

바삭대는 나무잎마저
소낙비처럼 우리를 조롱하도다!

어둠과 악수(握手)한 밤의 망령(亡靈)들이
히히히! 코우슴치며 내닫는도다!

소리도 모습도 없는 것을
듣고 보는 귀와 눈 ―

귀는 바람 먹은 문풍지로다!
눈은 주린 고양이의 눈알이로다!

오!
눈이 보는 것,
귀가 듣는 소리,

― 아무것도 없는 것을 듣고 보는 것은
어머니에게 도깨비이야기를 듣고 자란 탓인가?
나의 파.로.-마., 너는 알리라!

애상(哀想)

독소(毒素)같이 파란 하늘에
양털 같은 구름이 뭉게뭉게

고요한 대낮은
수면제처럼 졸음을 유혹할 때
검푸른 나무잎들은 숨을 죽이고,
종달새도 밭고랑으로 내려앉았다

하나 둘씩 팬 보리이삭들이
시루죽은 미풍에 귓속 이야기를 주고 받을 때
누가 오는가 싶어 고개 돌려보고
얄궂은 한숨에 하늘을 보는 마음

오늘도, 무디고 무딘 호밋날은

붉은 흙을 뒤지고 뒤지어
벌써 해는 한나절이 재웠구나

아!
해마다 오는 보릿고개는
언제나 변함 없는 주림의 나라
마음은 항상 들에,
삶과 주림의 일체가 그 속에 있는 붉은 흙에서
단 한번도 떠나본 적이 없건만—

야음화(夜陰花)

금방 이 세상이 끝이나 날 듯이
인어(人魚)를 닮았다는 계집들의 고기 냄새에
넋두리와 쓸개를 툭툭 털어놓고

얼굴은 원숭이를 흉내내고
걸음은 갈 之[지] 자(字)를 그리면서
네거리 종각 앞에 오줌을 깔기고

입으로는 데카단스를 외우는 무리가
아닌 밤중의 도깨비처럼 싸대는 밤 ―

쇼윈도우의 검정 휘장에
슬쩍 제 얼굴을 비춰보고
고양이처럼 지나가는 거리의 아가씨야

어디선지,
산푸란시스코의 냄새 풍기는 째즈가
술잔 속에 '뮤라스'를 불어넣는구나

향기 없는 조화(造花)
자외선 없는 인조태양(人造太陽)
벽도 땀을 흘리는 '달마(達磨)스토-브'

돈으로만 살 수 있는 유방(乳房)의 촉감(觸感)
아아 인조대리석 테블 위에 코를 비벼보는 심정

(오늘 밤, 어느 시골 얼치기가
마지막 논 문서를 또 해먹느냐?)

언덕

언덕은 늙은 어머니의 어깨와 같다

마음이 외로워 언덕에 서면
가슴을 치는 슬픈 소리가 들렸다

언덕에선 넓은 들이 보인다

먹구렁이처럼 달아가는 기차는
나의 시름을 싣고 가버리는 것이었다

언덕엔 푸른 풀 한 포기도 없었다

들을 보면서 날마다 날마다 나는
가까워오는 봄의 화상을 찾고 있었다

얼어붙은 밤

바다 밑처럼 깊다
깊을수록 어둠은 두터워
그 속에 온 누리가 숨막힐 때,

숨통만 발딱거리는 목숨이로다

하나가 다른 하나를
다른 하나가 또 다른 하나를
잇대어 일어나며 몸부림치는 어둠의 광란(狂亂)

끊일 줄 모르고 마를 줄 모르는 슬픔의 충만(充滿)
죽어 넘어지는 넋두리를 움켜잡고
미친 듯 몸부림치는 어둠이다

멀미나는 긴긴 밤의 어수선한 꿈자리처럼
허구 많은 세월의 장벽(障壁)을 헤여 뚫고
온 누리에 불을 붙여주고 싶은 죄스러운 꿈이
유령처럼 늘어선 집채와 거리와 산모롱이에
희게 찢어지는 눈보라처럼 미쳐 날뛰다가
제풀에 지쳐 거꾸러진 참혹한 시간이다

바위와 사태를 파헤친 산들은
이름 모를 괴물처럼
검은 그림자를 매달고,
허리 굽은 고목(枯木)들은
밑 없는 어둠의 땅덩이 위에
핏기 없는 앙가슴을 풀어헤치고,
찬바람에게 포효(咆哮)하도다

대륙(大陸)의 강(江), 강과 바다 ─

대륙(大陸)의 북쪽으로부터 달려드는 광풍(狂風)아
강 위에 얼어붙은 슬픈 전설아
비임과 허거품의 끝없는 실꾸리야
살아 있는 온갖 것을 얽어 놓은 주검의 도약(跳
躍)아

무너진 토담 밑에
얼어붙은 거리 위에
응달진 뒷골목에
밤낮 우짖는 바닷가에
밤마다 올빼미 우는 바위 그늘에

끊임없이 일어나는 포효(咆哮)다, 통곡이다, 토혈
(吐血)이다

여로(旅路)

풀피리 불며 불며
비탈길 넘어 보리밭
머릿길로 머릿길로 접어들면
마음 흙내 먹고 함뿍 취해

아지랑이 저-쪽에 힌 길
길 건너숲에 참새떼 지지재
슬며시 나리는 노을 속에
냇물 흘러 푸른 띠
나무다리우엔 스연한 발자욱
하마 밟을사 건느면
적은마음 어구 비인 주막
컹컹 짖어 맞는 강아지……

자욱마다 조악돌 밟히도록
어둠에 쌓여 어둠속으로 가도
머얼고 아득한 나의 길

염소

채마밭 머리 두충나무 밑이다
매해해 — 염소가
계염을 떨고 울어대는 곳은

늙지도 않았는데
수염을 달고 태어난 게 더욱 슬퍼
매해해 — 매해해 — 염소는 운다

녯 성(城)터에서

―북한산고성지(北漢山古城趾)―

굿게굿게 긴 ―영화를 꿈꾸자든
백성의 피의 결증·녯 영웅의 창엄의 남어진 선물
이여!
높은 봉우에 엄연히 서서
한 나라의 실마리를 직히든 녯 성벽이여!
너를 세운 영웅은 어데로 가고
어느 아츰 울여오는 총ㅅ소리에
산천이 울고 초목은 떨며
너의 얼골 우에 살과 탄환은 부듸첫고나

훌어 훌어 가없이 훌어 때와 공간을 타고
영겁의 나라로 걸어 올 때
그대 눈앞에 보히는 것 지나가는 것 들이는 것
지금은 모도다 ― 밖귀었고나 ―

앞으로 한강 우에 쇠다리가 건늬우고
전에 듣은 종로 잉경ㅅ소리도 간곧 없다
백성의 피긁어 세운 경복궁 대궐도
흩어진지 벌서 오래로구나
대소인 하마비 백인 종묘 뒤 담도
자동차ㅅ길 되고저 헐이고
압박골 자동차 얽켜가는 혼(魂) —
이렇게 밖귀었고나 밖귀었고나

너를 세운 영웅 한번가드니
다시는 못 오거늘
너만 남어 있은들 무었에 쓰리
다만 지나는 때와 공간만이
그대의 여윈 자태를 에워가고
점점 죽어가는 네 얼골은
점점 창백해 가는 지나는 무리의
비통한 가슴만 울이려느냐?

아! 영원의 침묵을 않고

옛 이약이 좇여할 줄 몰으는 침묵의 고성이여!
그대는 허영 없는 탄식을 버리라
이땅이 낳은 새시대의 아들들이
새로운 거화를 들어
너의 가슴을 더듬으리니……

옛 집

왕대 우거진 옛집에 와서
좀내 퀴퀴한 골방에 불끄고 누우면

등 너머 번져오는 머언 마을 개소리는
두고 온 마을의 흉한 소문인 양

마음은 조바심의 불심지를 꼬고
눈에 그리운 얼굴이 등불을 켠다

오 솔레미오

태양(太陽)은 죽고,

왼누리에
검은 옷을 입은 밤이
죽어 넘어진 태양(太陽)을 조상할 때,

달도 없는 밤하늘의
깨알 같은 별떼를 헤어보다가
창문마저 닫어버리고
처음도 끝도 없는 생각에 빠져 있을 때,

배속 버러지처럼 꿈틀거리는
지워지지 않는 가지가지 시름이
따짜구리처럼 가슴을 쪼아낸다.

아!
어둠은 어둠을 낳고
어둠은 어둠만을 사랑하고
어둠은 어둠 속에 죽느냐?

올빼미

울 뒤 밤나무 그늘인가,
안산 밑 늙은 소나무 가진가,

밤마다 어둠을 타고 와서
찬비에 젖은 가지 우에
흉측스런 검은 목청으로

우워, 우워, 이 밤을 깊이깊이 우는 것은
애비 어미를 잡어먹은 탓이라는데,

어둠 속에 찌든 마음
그 소리 귀에 배여

두 손 뭉쳐 엄지손가락에 입을 대고
늙은 상제마냥 워 ― 워 ― 울어보다.

왕거미

썩어 처진 초가 서까래 밑에
자를 대고 그려낸 듯 줄을 느리고,
코를 비비며 입맛 다시는 왕거미

얼마나 흉칙스럽게 점지되었기에
저리도 끔찍히 발은 많고도 긴가
털 돋힌 검정 사마귀 같은 화상아

저리도 못생긴 거미에게도
남 부럽잖은 한가지 재주는 있어
무지개처럼 줄을 잘도나 얽어놓았지

꽃 향내에 취한 나비, 싸대는 하루살이
떠드는 모기, 눈이 크기만한 잠자리가

끈적거리는 저 그물에 얽히기만 하면

저 놈은 소리도 없이 달려들어
단숨에 희희 동동 얽어놓고
맛나게도 뜯어 먹으리라

외갓집

엄마에게 손목 잡혀
꿈에 본 외갓집 가던 날
기인 기인 여름해 허둥 지둥 저물어
가도 가도 산과 길과 물뿐……

별떼 총총 못물에 잠기고
덤굴 속 반딧불 흩날려
여호 우는 숲 저 쪽에
흰 달 눈섭을 그릴 무렵

박넝쿨 덮인 초가 마당엔
집보다 더 큰 호두나무 서고
날 보고 웃는 할아버지 얼굴은
시드른 귤처럼 주름졌다

우러러 바뜰 나의 하눌

어두운 골목길을 바람처럼 더듬어 가량이면
꽃다발대신 가슴에 지닌 슬픔이 고개를 든다
뒤깐과 방과 부엌과 쓰러기통과 개천이
형제마냥 가치 있는 골목 골목을 벗어나면
바람이 옷자락을 물어뜯는 거리가 있다
숨도 죽은 밤거리 저-편 어둠속에
큰짐승의 눈깔처럼 끔먹이는 등불 등불
등불이 켜진 곳마다 길은 있는데 큰길도 있는데
이것도 저것도 도깨비불인양 모두 어지러워
나의 넋이 밟고 갈 길은 하나도 보이지 않는다
참지 못해 별을 보면 어금니가 저리게 아프고
또한 못 참아 달을 보면 왁새발처럼 가슴만 석격
인다
(어머니! 우러러 바뜰 나의 하눌은 없읍니까?)

월광곡(月光曲)

바람이 걸음을 멈추니

병든 낙엽은
마른 가지 위에 잠들고

티끌도
쉴 자리를 탐내는 밤

술 취한 보름달만
밤새를 조롱할 때

잊을 수 없는 그 꿈이 따짜구리되어
고목(枯木)인 내 가슴을 쪼아내니

저도 모르게
내 마음 흐느껴 울도다

월광곡(月光曲)

밤마다 자취 없이 와서
가만히 내 창을 흔드는
지는 잎의 설움을 알기에
내 이 한밤 잠들지 못하노라

차마 점할 수 없는
빛깔 지니신 달아
몸은 슬프고 넋은 어지러워

애타는 달밤의 우리 속에
비춰는 둥근 달 쳐다보며
비로소 나는 눈물의 맛을 알았노라
제 그림자에 놀라는 밤새와도 같이…

아으 울어 예는 여울가에
쉴 데도 없는 몸 홀로 서면
어디멘고 먼 젓대소리!

그 소리 내 넋을 불사르고
바람과 달빛에 홀린 마음은
달디단 시름의 술을 빚어라

참지 못한 마음의 조바심
꿈의 또아리 속에 넣은
촛불처럼 활활 타오르도다

시름도 아픔도 밤과 함께 흘러가는데
아으 덧없어라 나의 가슴아

수풀 위에 푸른 달 졸고
나는 눈물로 진주(眞珠)의 샘을 적시리라

유월

보리 누르게 익어
종달이 하늘로 울어 날고
멍가나무의 빨간 열매처럼
나의 시름은 익는다

日記秒

I

七月十五日

나무장판 한구석에
네모진 나무뚜껑이 덮였다
에!구려……
臭覺을 잃은 先住民들이
찌푸린 내얼골을 노린다.

II

七月十六日

내음새
내음새
썩어터지는 내음새!
―오늘도 나는
어서 臭覺이 喪失될 날을 苦待한다.

입추(立秋)

소리 있어 귀 기울이면
바람에 가을이 묻어오는 소리

바람 거센 밤이면
지는 잎 창에 와 울고

다시 가만히 귀 모으면
가까이 들리는 먼 발자취

낮은, 게처럼 숨어 살고
밤은, 단잠 설치는 버릇

나의 밤에도 가을은 깃들어
빈 마음에 찬서리 내린다

잉경

울었다, 잉경
울었다, 잉경
거짓말이 아니라, 정말
잉경이 울었다

쌓이고 쌓인 세월 속에
두고 두고 먼지와 녹이 슬어
한 마리 커다란 짐승처럼
죽은 듯 잠자던 잉경…

살을 에이고 뼈를 깎는 원한에
이 악물고 참았던 설어움
함께 북받쳐 나오는 울음처럼
미친 듯 울부짖는 종소리…

나는 들었노라, 정녕 들었노라
두 개의 귀로, 뚜렷이 들었노라
— 이젠 새 세상이 온다
— 이젠 새 세상이 온다

자류(柘榴)

아가배나무 늙은 가쟁이에
누르게 익은 하눌타리는
구름처럼 손에 닿지 않고

지렁이 찍어 문 수평아리
암컷 좇아 풍기는 곳 ——
부러져라 늘어진 가지마다
붉게 고운 열매 열매……

스치면 우수수 쏟아질까
산호빛으로 비어진 알알
먹지 않아도 이가 시리어……

푸른 잎의 푸른 빛

붉은 열매의 붉은 빛
그것을 가늠할 제 나는
먼 산 보는 버릇을 배웠노라

자화상(自畵像)

터-ㅇ비인 방안에 누워
쪽거울을 본다

거울 속에 나타난
무서운 눈초리

코가 높아 양반이래도 소용없고
입센처럼 이마가 넓대도 자랑일 게 없다

아름다운 꿈이 뭉그러지면
성가신 슬픔은 바위처럼 가슴을 덮고

등뒤에는 항상 또 하나 다른 내가 있어
서슬이 시퍼런 눈초리로 나를 노려보고

하하하 코웃음치며 비웃는 말 ──

한낱 버러지처럼 살다가 죽으라

잠 못자는 밤

1.

어느 고요한 저녁

지친 마음의 언저리에

시름은 소리없이 서리어

등불 환한 책상에 엎디어

나도 모르게 졸음에 잠길 때

완연히 내 창을 흔드는 소리 ―

"누굴까? 이 밤에 나를 찾는 이…"

귀 기울여 가슴으로 듣자니

다시 소리는 잠잠…

2.

…바람에 지는 잎소린가

흩날리어 창에 부딪치는 잎 소린가

잎은 무심히 지고 날리어
시름한 가슴을 놀라게 한다
잎은 무심히 졸음조차 깨운다
봄바람 가을물이 배어옴이 북 지나듯
세월은 세월은 덧없이 외치는데
풀 끝에 맺힌 이슬 방울방울 구슬되어
댓숲 푸른 곳에 바람 피리를 부누나

3.

곁에 있어 문 열고 섬돌 위에 서면
땅 위엔 희끗희끗 나뭇잎 쌓이여
나비 벌 잉잉대던 뜰엔 찬 기운 스며
스무 번 가을바람에 쓸쓸히 지는 잎
애끓는 시름 나 같은 이 또 있는가

도리어 풀쳐 헤니 이리하여 어이 하리
"가을 밤은 애닲다"는 말
맨 처음 뉘라서 지어냈을고
아마도 이 지위로 가을밤은 설어운가

4.

뛰노는 가슴의 피 누르고
번히 비치는 마을의 불빛을 바라
어둔 밤의 한 허리를 딛고 서서
지나간 옛날의 가지가지 설움을 씹을 때
둘 없는 그 임의 이름 불러도
다시 못올 그 이름 불러보아도
대답은 없고야 대답조차 없고야
다시 못올 그 이름

누리는 다만 어둠 뿐…

5.
눈동자 어둠 속에 번득이고
가슴속 피는 쉬잖고 도는데
오랜 고요 속에 들려오는 벌레소리
그는 내 넋의 길동무인 양
슬픈 소리를 하면서 물연기처럼 흩어져
다만 어둠 속에 한 줄기 싸늘한 기운
그는 내 가슴의 식은 땀인 양
싸늘한 밤 기운 속에 자꾸만 식어지누나

6.
다시 방에 돌아와 자리에 누우려니

또다시 내 창을 두드리는 소리 —
더욱 거세게 뚜렷이 들려라
"무얼까? 누굴까? 내 창문 밖에 온 것은…"
마음아! 없는 소리를 너는 듣느뇨
내 귀가 정녕 들었는데
밖에선 바람이 지나는 발자취 소리뿐
그 소리 차차 커지더니 마침내
사나운 밤 바람이 말굽을 달리누나

7.

잠 못드는 밤은 저승일레라
밤은 저승의 언덕 마귀의 누릴레라
자리 위에 반듯이 누워
벽에 걸린 비너스 쳐다보면

정녕 나는 아직도 살아 있나보다
벗은 모두 나오라 부르건만
숨어서 홀로 외로움을 안고
깊이 모를 생각에 잠겨버리누나
깊이 모를 생각에 잠겨버리누나…

잠자리

능금처럼 볼이 붉은 어린애였다
울타리에서 잡은 잠자리를
잿불에 끄슬려 먹던 시절은

그 때 나는 동무가 싫었다
그 때 나는 혼자서만 놀았다

이웃집 순이와 짚누리에서
동생처럼 볼을 비비며 놀고 싶었다

그 때부터 나는 부끄럼을 배웠다
그 때부터 나는 잠자리를 먹지 않았다

저녁노을

하늬바람 속에
수수잎이 서걱인다
목화밭을 지나
왕대숲을 지나
언덕 우에 서면

머언 메 위에
비눌구름 일고
새소리도 스러지고
짐승의 자취도 그친 들에
노을이 호올로 선다

종달이

봄이여요 비비비 봄이여요, 봄, 종달이는 참을 수 없어, 비비비 울며 하늘로, 비비비 날아, 비비비 울며 날아, 구름 속으로, 비비비 울며 울며 사라진다, 푸른 들이 보고 싶어, 푸른 샘이 보고 싶어…

쥐

우루루…… 우루루루……
독독독…… 도-ㄱ 도-ㄱ 도-ㄱ

먹을 것도 없는 천정에서
생쥐가 네굽을 놓고 지랄칠 때,

잠을 잃어버린 마음의조바심이
귀로 몰린 채 잠잠히 누어 있을 때,

뾰족한 그놈의 이빨은, 어느새
끊임없이 내 넋을 파먹고 있었다.

지렁이의 노래

아지못게라 검붉은 흙덩이 속에
나는 어찌하여 한 가닥 붉은 띠처럼
기인 허울을 쓰고 태어났는가

나면서부터 나의 신세는 청맹과니
눈도 코도 없는 어둠의 나그네여니
나는 나의 지나간 날을 모르노라
닥쳐올 앞날은 더욱 모르노라
다못 오늘만은 알고 믿을 뿐이노라

낮은 진구렁 개울 속에 선잠을 엮고
밤은 사람들이 버리는 더러운 쓰레기 속에
단 이슬을 빨아마시며 노래부르노니
오직 소리 없이 고요한 밤만이

나의 즐거운 세월이노라

집도 절도 없는 나는야
남들이 좋다는 햇볕이 싫어
어둠의 나라 땅밑에 번듯이 누워
흙물 달게 빨고 마시다가

비오는 날이면 따 우에 기어나와
갈 곳도 없는 길을 헤매노니
어느 거친 발길에 채이고 밟혀
몸이 으스러지고 두 도막에 잘려도
붉은 피 흘리며 흘리며 나는야
아프고 저린 가슴을 뒤틀며 사노라

진리(眞理)에게

어떤 어둠 속에서도 진리(眞理)! 너는
항상 불타는 뜻을 잃지 않았다
오랜 세월을 비바람 눈보라 속에
날개를 찢기고 찢기면서도 너는
단 한번 고개 숙인 적이 없고나
불타는 넋이여 굳고 억센 힘이여
너는 언제나 깊은 잠 속에서도 깨어나
화살처럼 곧고 빠른 네 뜻을 세워나간다

감당할 수 없는 어떤 큰 힘이 있어
너를 내어노라 나에게 을러댄다면
진흙 속에 얼굴 파묻고 고꾸러질지라도
나는 못 주겠노라 오직 너 하나만은
십자가(十字架)에 못박혀 피흘리고 죽은 이처럼

빛나는 눈알에 괴로운 입술 깨물어
삶과 죽음을 넘어선 삶의 기쁨을 안고
찬란한 네 품에 안겨 눈감을지라도……

오오, 영원한 세월 속에 사는 것
너만이 끊임없는 괴로움 속에서
새벽을 알려주는 쇠북소리
너만이 새날의 닥쳐옴을 알려주고
너만이 살아 있는 보람을 믿게 해주고
너만이 나와 나의 벗들의 흩어진 마음을
보이지 않는 실마리로 굳게 얽어준다

찬 달밤에

달하 노피곰 도드샤
어긔야 머리곰 비취오시라 ──정읍사(井邑詞)에서

찬 달 그림자 밟고
발길 가벼이 옛 성터 우헤
나와 그림자 짝지어 서면
괼 이도 밀 이도 없은 몸하!
누리는 저승보다도 다시 멀고
시름은 꿈처럼 덧없어라

어둠과 손잡은 세월은
주린 내 넋을 끄을고 가노라
가냘픈 두 팔 잡아끄을고 가노라
내사 슬픈 이 하늘 밑에 나서

231

행여 뉘 볼세라 부끄러워라
마음의 거울 비춰오면 하온 일이 무에뇨

어찌 하리오 나에겐 겨레 위한
한 방울 뜨거운 피 지녔기에
그예 나는 조바심에 미치리로다
허망하게 비인 가슴 속에
끈 모르게 흐르는 뉘우침과 노여움
아으 더러힌 이 몸 어느 데 묻히리이꼬

창공(蒼空)

　풀잎 위에 서리 매달리고 목마른 벌레떼 눈물 짜
는 늦가을 밤
　유리 쪽같이 개어 벗어진 하늘을 볼 때
　얼마나 그것은 깊이와 길이를 그리고 넓이를 가졌
는가?

　돌 틈에서 뿜는 샘물같이 맑고도 시원한 맛이
　그 속에 숨어 있음이여,
　나의 온 몸둥이까지 덥석 집어 마실 듯한 신기로
운 맛이
　그 속에 있다

　참으로 참으로
　길고도 오랜 날과 밤을

햇빛 없는 그 속에서 살아본 인간만이 맛 볼 수
있는…

여기는 키다리 병정(兵丁) '포푸라' 나무들의
검푸른 잎사귀 하늘 걸리는 역내(驛川[역천]) 둑
때는 보름달마저 홍시처럼 달 아래 불 붙은 밤
달빛은 저수지 안에 담긴 물을 거울삼아
벼이삭 고개 숙인 '역내벌' 수리조합촌의 늦가을
밤 풍경의 화상을 그리었구나!

오! 아름답고 살찐 자연
무엇이 여기에 나타나 '삶'을 협박하겠느냐?

…눈만 뜨면 두더지처럼 땅만 뒤지고

그것만이 단 하나뿐인 사람에게는
이러한 아름답고 기름진 자연도 가져서는 못쓰는가

그렇다 이 밤에도 남아 있는 동무는
무릎을 꿇고 저 달을 쳐다보리라
네모진 창 틈으로 보이는 달은 유난히도 더 커 보
이더라

탄력 한 푼어치 없는 새하얀 얼굴에 횅하게 들어
박힌 눈동자야
아아 옛이야기 속에서만 찾아볼 수 있는 역사(力
士)가 될 수 있다면
덥석 두 손으로 들어다가 기름진 이 풍경의 이모
저모를 보여주고도 싶구나

거미줄 얽힌 네모진 창 틈으로나마 보고프리라 보고프리라

그리고 몸을 태워버리고라도 바꾸고픈 자유의 갈망
그것만이 영원한 애인인 인간의 넋이여…
여우 같은 매력이라고 말하기에는 너무나 그 값이
떨어질 구원한 갈망이여!
앞으로 몇 번 몇 십 번, 아니 몇 백 번 몇 만 번이
나, 우리는
같은 갈망을 가슴에 품고 밤과 낮의 구별도 없이
가슴을 태우잔 말이냐

나는 역력히 알고 있다
인간의 목숨의 값이 그 얼마나 높은 것인가를

우리가 죽잖고 땅의 품안에 숨쉬는 동안까지는
 정녕코 어김없이 살과 살을 맞대어 볼 수 있고 말
과 말을 전해 볼 수가 있다는 것을

오오 지리 지리한 절름바리 놈 세월아
눈 한번 깜빡일 틈에 억천만 리 달아난다고
너를 영탄(詠嘆)한 옛 시인(詩人)의 애수에
두 손을 높이 들어 나는 고별의 신호를 보낸다

첫여름

들에 괭잇날

비눌처럼 빛나고
풀 언덕엔
암소가 기일게 운다

냇가로 가면
어린 바람이 버들잎을
물처럼 어루만지고 있었다

추억(追憶)

하늘 위에
별떼가 얼어붙은 밤,

너와 나 단둘이
오도도 떨면서
싸늘한 밤거리를
말도 없이 걷던 생각,

지금은
한낱 애닲은 기억뿐!

기억(記憶)에는
세부(細部)의 묘사(描寫)가 없다더라

타는 마음

—민요풍(民謠風)으로

산에 산에 붙은 불은
물로나 끄지 물로나 끄지

이 내 속 타는 불이야
무슨 물로 끄나 무슨 물로…

맙소사 님아! 혀가 안돌아
말이 막히네 말이 막히네
언제나 헤어질 때면
겨우 한 마디 "잘 가시오"

털벌레

하늘을 탐하는 나비 넋이
흉칙스런 털벌레가 되어
쭉 뻗은 풀잎 끝으로 자꾸만자꾸만 기어오른다

흉칙스런 털옷을 벗어던지고
희망의 나라 높은 하늘로
고운 옷을 갈아 입고 단숨에
푸르르 날아가고파
애쓰며 애쓰며 기어 올라간다

토요일(土曜日)

월(月)

화(火)

수(水)

목(木)

금(金)

토(土)

— 이렇게 일자(日字)가 지나가고,

또다시 오늘은 토요(土曜)

일월(日月)의 길다란 선로(線路)를
말없이 달아나는 기차… 나의 생활아

구둣발에 채인 돌멩이처럼
얼어붙은 운명을 울기만 하려느냐

폐원(廢園)

머-ㄴ 생각의 무성한 잡초가
줄줄이 뻗어 엉클어지고 자빠지고
눈물 같은 흰 꽃 한 송이 빵긋 핀 사이로

사-늘한 주검이 배암처럼 기어가다가
언뜻 마주친 때 임이 부르는 눈동자처럼
진주빛 오색 구름장이 돋어나는 것!

외로운 사람만이 안다
외로운 사람만이 알어……
슬픔의 빈 터를 찾어
쪽제비처럼 숨이는 마음

포플라

별까지 꿈을 뻗친
야윈 손길
치솟고 싶은 마음
올라가도 올라가도
찾는 하늘 손에
잡히지 않아 슬퍼라

피

붉은 피는 돌아간다, 가슴속을
미친 듯 용솟음치며 돌아간다
목숨의 한 가닥 한 가닥을
이어나가는 싸이클이여

스위치를 누르면
돌아가는 벨트처럼
미더웁게 뛰며 돌아가는 피

돌과 돌
쇠와 쇠가 마주치듯
오직 한 줄기
불타는 넋이여

불꽃은 살별처럼 날은다
가슴속에 에네르기이가 끓어올라
보일러어는 안타까웁게 노래한다

피가 뛸 때
목숨도 뛰고

원수와도 싸워 이긴다
피가 멈춰질 때
목숨도 멈춰지고
원수는 나를 짓밟는다

피가 아까웁기에
피보다 목숨이 귀하고

목숨이 귀하기에
목숨보다 피가 아까운 것이다

피는
항상 새것을 탐하여
거품을 뿜으면서
낡은 페이지를 물들이며 간다

오오!
귀한 피
붉은 피
목숨보다도 목숨보다도
아까운 피……

피리

보름이라 밤 하늘에
달은 높이 켠 등불 같아라
임아 홀로 가신 임아
이 몸은 어찌하라 홀로 두고

임만 혼자 훌훌히 가셨는고
아으 피 맺힌 내 마음
피리나 불어 이 밤 새우리
숨어서 밤에 우는 두견새처럼
나는야 밤이 좋아 달밤이 좋아

이런 밤이사 꿈처럼 오는 이들
달을 품고 울던 '벨테이느'
어둠을 안고 간 '에세이닌'

찬 구들 베고 눈 감은 古月 尙火…

낮일랑 게인 양 엎디어 살고
밤일랑 일어나 피리나 불고지고
어두운 밤의 장막 뒤에 달 벗삼아
임이 끼쳐주신 보밸랑 고이 간직하고
피리나 불어 설운 이 밤 새우리

다섯 손가락 사뿐 감아 쥐고
살포시 혀를 대어 한 가락 불면
은쟁반에 구슬 굴리는 소리
슬피 울어 예는 여울물 소리
왕대숲에 금바람 이는 소리…

아으 비로소 나는 깨달았노라
서투른 나의 피리소리이언정
그 소리 가락가락 온 누리에 퍼지어
메마른 임의 가슴속에도
붉은 핏방울 방울 돌면
찢기고 흩어진 마음 다시 엉기리

할미새

뜰팡으로 슬쩍 나려와
어정어정 할미새.

말도 없이 곁눈질만
힐끔힐끔 할미새.

수집은 색시처럼
눈치만 슬슬 할미새.

매에게 쫓겼나,
솔개미에 몰렸나,

바람소리에도
눈알은 휘휘 할미새.

나처럼 외론 게 좋아
비인 뜰을 어정어정 할미새.

해바라기 1

벗아! 어서 나와
해바라기 앞에 서라

해바라기꽃 앞에 서서
해바라기꽃과 해를 견주어보라

끓는 해는 못되어도
가슴엔 해의 넋을 지녀
해바라기의 꿈은 붉게 탄다

햇살이 불처럼 뜨거워
불볕에 눈이 흐리어
보이지 않아도, 우리 굳이
해라바리 앞에 서서

해바라기처럼 해를 보고 살지니

벗아! 어서 나와
해바라기꽃 앞에 서라

해소음(海嘯音)

힌 모래밭우에 활개펴고 누으면
연달아 나의 이름을 부르는 소리

조개꺼플과 고기뼉다귀의 넋이뇨
피를 토하고 죽을 해당화의 넋이뇨

항가(港街) 점경(點景)

저녁 안개를 뚫고
일손을 놓는 '뚜—'가
'칼소—'의 목청을 흉낼 때

호수(湖水)는 성난 사자처럼 부두를 물어뜯고
갈매기떼는 펄펄
오늘의 마지막 백기(白旗) 행렬을 꾸미고 지나갔다

정다운 쌍둥이처럼
우뚝 하늘을 치받은 연통 밑 —
기숙사 드높은 창문에는
명태(明太) 같은 얼굴을 내민 촌색시들이
바다 건너 그리운 고향을 꿈꿀 때

보름달보다도 더 밝은 전등(電燈)의 거리에는
양의 두뇌를 쓴 선량한 시민 남녀가
콩알만한 또 하루의 복(福)을 빌기 위하여

교회당 층층다리를 기어 올라가고,
밤안개 속 저편에서는
항구를 떠나는 밤배가
출범(出帆)의 'Bo—'를 울린다

향수(鄕愁)·1

재를 넘는 해가 석양을 수놓고
시냇물처럼 맑은 바람이
조용한 발자국으로 내 방을 찾아오느니
두 눈을 감고 오늘도 휘파람이나 불어보자

살창 밖 대나뭇잎이 나풀거리고
해 그림자 꿈먹 구름은 스르르
향수는 내 가슴을 어루만지느니
쪼그리고 앉아 오늘도 북쪽 하늘이나 쳐다보자

향수(鄕愁)·2

마당가 대나뭇잎이 모조리 떨어지던 날
나는 눈 앞까지 치민 겨울을 보고 악이 받쳐
심술쟁이 바람을 마음의 어금니로 질겅질겅 씹어
보다
나를 이곳에 꿇어앉힌 그 자식을 씹어보듯이 ―

　　　　　　　　―장수일기(長水日記)에서

향수(鄕愁)·3

싸락눈이 산처럼 쌓이고 쌓이는 밤

어름쪽 같은 마루판 위에 베개도 없이 모로 누워

달아나는 꿈자리를 두 손으로 훔켜 잡을 때

먼지에 찌든 쾨쾨한 나의 향수는 고드름처럼 굳어

버리다

                    —장수일기(長水日記)에서

허재비

다아 떨어진 등거리에
쪼그러진 밀짚벙거지 눌러쓰고
논머리에 까치발로 서 있어도
가슴엔 조바심이 매암돈다

……행여 새떼가 쪼을까
……행여 빗발에 치일까
……행여 바람에 쓸릴까」

노을도 고웁게 서는 저녁
마음은 외롭고 서글퍼도
무르익은 벼이삭 굽어보면
천 가닭 시름이 구름인 양 스러진다

황소

바보 미련둥이라 흉보는 것을
꿀꺽 참고 음메! 우는 것은

지나치게 성미가 착한 탓이란다
삼킨 콩깍지를 되넘겨 씹고
음메 울며 슬픔을 삭이는 것은

두 개의 억센 뿔이 없는 탓은 아니란다

황혼(黃昏)

황혼(黃昏)아!

너는
낮과 밤의 레포를 이어주는 다정(多情)한 일꾼이냐?

황혼(黃昏)아!

너는
처음도 없고 끝도 모를 이야기를 좋아하느냐?

황혼(黃昏)아!

지금,
거리의 등불엔 이슬이 맺혀

불빛마저 촉촉히 눈물짓는데,

안개를 쓰고 나온 초생(初生)달이
비인 가지 우에 새촘히 걸쳐 있구나!

희망(希望)

땅덩이가 바루 저승인데

사람들은 그걸 모르고

밤낮 썩은 동아줄에다

제목을 매어달고 히히 웃는다

제목을 매어달고 해해 웃는다

흰 달밤에

1.
늙으신 어버이 나를 기다려
밤마다 짚베개 돋우 괴시던 곳 —
그만 내 고향에 돌아오도다

섣달이라 보름날
한겨울에 때 아닌 궂은비 내리고
이런 날 비는 눈으로 바뀌어
함박눈 소리없이 쏟아지더니
낮 하루, 밤 꼬박
다음 날도 그 저녁도
눈이 내리어 하이얀 눈이 내리어
떡가루같이 고운 눈이
흰 구슬같이 맑은 눈이

내리어 쌓이어 두 자라 석 자…

일흔에 한 살 적은 어머니는
새벽 영창 열치며
"오매! 생전 첨 보는 눈이네…"

2.
눈을 보니 함박눈을 보니
내 마음 어릴 적으로 매양 하나다
검둥 강아지 좋아라 뛰놀 듯, 나는
꿈처럼 문을 차고 나가니

눈은 쌓이고 쌓여
길과 논 내와 골 뒤덮고

달도 열이레, 쟁반 같아라
누리는 대낮같이 환한데
마련한 곳도 없이 나의 마음은

발길 가는 대로 좇아가도다
참 고웁기도 고운지고
참말 맑기도 맑은지고
흰 눈은 내 마음의 모습이요
둥근 달은 나의 길동무라
자국 자국 새 눈길 밟고

끝 모르는 곳까지 가고지고
좁은 집 단칸 방에 앉아
밀국수 먹으며 쳐다보면 지붕의 눈은

진흙 발길에 짓밟힌 골목의 눈은
감옥 쇠살창으로 번히 넘어다보는 눈은
모두 모두 볼꼴 사나웁더니만…

3.
달아! 맑은 호수물처럼
눈도 부시지 않게 맑은
너의 은은하고 그윽한 너그러움 속에
내 넋은 얼빠진 허깨비처럼 서서
우러러 뵈는 그대 품에 덥석! 안기고자
어머니의 사랑에 주린 아가의 마음으로 ―

달아! 그대 어질고 착한 마음으로
이 누리를 굽어 살피사

사랑에 주린 이 땅 위에 진주를 뿌려다오
그대 보드라운 입맞춤을 내 가슴에 부어다오
그대 황금의 관을 고달픈 내 머리 위에 씌워다오
안타까운 나의 조바심은 도가니처럼 타노니
고요한 시름 따라 옮기는 발길에
전봇대 하나 하나 기우러져 넘어가고
달에 비치는 눈은 금가루 은가루일레라
마음 어지럽고 눈 부시어 하마 못볼레라

아으 억천만 년 굽이 밝히시는 빛아!
해같이 더 맑은 빛 지니신 달아!
멎음 없이 너의 등불을 켜 들라, 이 밤이 새도록…
어두운 이 땅 위에 내 마음 위에
대낮은 고스란히 내버려 두고 오직

달만이라도 너의 은빛 눈웃음으로
길이 굽이 밝히라! 빛나는 사랑의 횃불로 —

흰나리—백합(百合)

저녁마다 꽃밭에

찬 서리 내리어

나의 아가씨는

가슴을 앓는다

ELEGIE

안개처럼 가라앉은
마음의 변두리에
악마가 푸른 눈초리로
슬며시 엿보는 밤

죽지 않는 정열의 풍차(風車)가
저절로 미쳐서 빙빙 돌다가
제풀에 지쳐 주저앉은 시간이다

송장처럼 다문 입술 위에
까마귀처럼 떠도는 벙어리 침묵이
가없는 밤의 '캠버스' 위에다
자줏빛 주문(呪文)을 그려놓는 순간

눈물에 녹아 흐른 마음은
미친 바람에 취한 물고기처럼
슬픔의 바다 한복판에 자맥질치고

넋이 날아간 몸둥아리는
어미 잃은 송아지처럼 밤 새워 우노니
나의 파로—마야, 너는 갔느냐

LA PALOMA

…물찬 제비로다

이렇게 말해봐도 시원치 않다
죄스러울 듯 귀여운 그 모양

이무기처럼 징그럽도다
고운 눈초리

앵두처럼 새빨갛도다
기름진 입술

능금처럼 먹고 싶도다
뜨거운 볼따구니

박꽃인 양 하얗도다
벌어진 이빨

버들인 양 하늘거리도다
호촐대는 허릿통

제비인 양 날아갈 듯
날씬한 몸 맵시로다

두 손으로 턱을 고이고 말없이 앉아
무서운 듯 어여쁜 그 모양을 쏘아볼 때
빵긋 웃는 백합꽃이 송이송이 피어난다

윤곤강(尹崑崗, 1911~1950)

시인.

본관은 칠원(漆原), 본명은 붕원(朋遠), 호는 곤강(崑崗), 충청남도 서산 출신.

아버지는 병규(炳奎)이며, 어머니는 광산김씨(光山金氏)로, 2남 2녀 가운데 장남이다. 1,500석(石)을 하는 부농의 가정에서 태어나 14세까지 한학을 배웠다.

1925년 보성고등보통학교 편입

1928년 혜화전문학교(惠化專門學校) 입학(5개월 만에 중퇴)

1933년 센슈대학(專修大學) 졸업

1933년 귀국과 동시 카프(KAPF: 조선프롤레타리아예술동맹)에 가담

1934년 제2차 카프검거사건 때 체포되어 전주에서
　　　옥고를 치르고 석방되어 당진으로 일시 낙향
1939년 『시학(詩學)』 동인으로 활동
1946년 보성고등학교 교사로 근무
1946년 한때 조선문학가동맹에 가입하여 활약
1948년 중앙대학교 및 성균관대학교 강사를 역임

　작품 활동은 1936년 시와 시론을 활발히 발표하면서부터 본격적으로 전개되었다. 비교적 다작에 속하는 그의 시세계는 항상 새로운 시세계를 개척해보려는 의욕은 있었으나 지나치게 묘사나 설명에 의존하려는 시작 태도 때문에 전체적으로 응축력이 결여된 결함을 보이고 있다.

　그의 작품세계는 크게 광복 전과 후 두 시기로 구분해볼 수 있다.

　첫 시집 『대지(大地)』를 비롯하여 『만가(輓歌)』·『동물시집(動物詩集)』·『빙화(氷華)』는 전기 작품에 속하며, 『피리』·『살어리』는 후기에 속한다.

　『대지』와 『만가』에서는, 시는 현실적·시대적 진

실의 열정적 표현이 되어야 한다는 그 자신의 시론에 충실하였던, 소극적 저항의 시기에 쓰인 작품집이다. 자연이나 인생보다는 고통스러운 현실을 우울한 정서로 노래하고 있다.

카프의 영향과 옥중생활(獄中生活)의 체험을 바탕으로 식민지 지식인의 허탈과 무력함을 고백하고 있는 그의 시는 결국 자기자신에 대한 만가를 스스로 지어 부르는 자조(自嘲)로까지 진전되고 있음을 볼 수 있다.

제3시집 『동물시집』은 나비·올빼미·원숭이·낙타 등 동물을 소재로 하고 있다는 점에서 그때까지의 우리 시사에서 찾아보기 어려운 특이한 면모를 보이고 있는 작품집이다.

그러나 여기에서도 시의 소재인 동물들을 자연물이 아니라 현실의 객관적 상관물(相關物)로 노래하고 있다는 면에서 시세계의 본질은 거의 변함이 없다. 이 『동물시집』과 제4시집 『빙화』에서는 대상과의 객관적인 거리를 통하여 감정 과잉이라는 자신의 시적 결함을 어느 정도 극복하고 있다는 면에서

진일보한 경지를 보여준다. 광복과 더불어 그의 시 세계는 커다란 변모를 보여준다.

제5시집 『피리』와 제6시집 『살어리』 두 시집에 나타나 있는 그의 새로운 시도는 전통 계승에 대한 관심, 민족정서의 탐구, 밝고 건강한 세계의 지향 등으로 요약될 수 있다. 그리하여 고려가요의 율조나 그 속에 담긴 정서를 되살려 보려는 실험을 시도하고 있다. 그러나 고려가요의 어투를 차용하거나 율조를 반복하는 차원에서 벗어나지 못하였기 때문에 큰 성과를 보이지 못한 아쉬움을 남기고 있다.

저서로는 평론집인 『시(詩)와 진실(眞實)』(정음사, 1948) 및 기타 편저로 『근고조선가요찬주(近古朝鮮歌謠撰註)』(生活社, 1947) 등이 있다.

시론으로는 「포에지에 대하여」(1936), 「표현에 관한 단상(斷想)」(1936), 「이데아를 상실한 현조선(現朝鮮)의 시문학(詩文學)」(1937), 「시와 현실(現實)의 상극(相克)」(1937) 등이 있다.

큰글한국문학선집: 윤곤강 시선집

살어리

© 글로벌콘텐츠, 2015

1판 1쇄 인쇄_2015년 09월 01일
1판 1쇄 발행_2015년 09월 10일

지은이_윤곤강
엮은이_글로벌콘텐츠 편집부
펴낸이_홍정표

펴낸곳_글로벌콘텐츠
      등 록_제25100-2008-24호

공급처_(주)글로벌콘텐츠출판그룹
      기획·마케팅_노경민   **편집_**김현열 송은주   **디자인_**김미미   **경영지원_**안선영
      주소_서울특별시 강동구 천중로 196 정일빌딩 401호
      전화_02-488-3280   **팩스_**02-488-3281
      홈페이지_www.gcbook.co.kr

값 22,000원
ISBN 979-11-5852-048-9 03810